# 봄날이었다

봄날이었다

1판 1쇄 발행 2017년 7월 17일
1판 5쇄 발행 2017년 8월 25일

지은이 김병효
펴낸이 이재두
펴낸곳 사람과나무사이
등록번호 2014년 9월 23일(제2014-000177호)
주소 경기도 고양시 일산서구 강선로 141, 1602동 1504호
전화 010-7770-9346 팩스 (031)601-6181
이메일 jaedoori@hanmail.net

ISBN 979-11-955759-8-5 03810

잘못된 책은 구입하신 곳에서 바꾸어 드립니다.
이 도서의 국립중앙도서관 출판예정도서목록(CIP)은 서지정보유통지원시스템 홈페이지
(http://seoji.nl.go.kr)와 국가자료공동목록시스템(http://www.nl.go.kr/kolisnet)에서 이용하실 수 있습니다.
(CIP제어번호 : CIP2017014254)

* 이 책에 실린 시들 중 일부는 저자와 연락이 닿지 않아 시의 게재 허락을 받지 못했습니다.
그런 시의 경우, 출판사로 연락 주시면 허락을 받고 게재료를 지급하겠습니다.

김병효 에세이

# 봄날이었다

사람과
나무사이

저자의 말

# 시는 강했다

나이를 먹어갈수록 독서 취향도 조금씩 변해갔다. 세상의 소용돌이에 부대끼며 한 생애를 살아가는 소설 속 주인공들에게 빠져들었다가 가슴속 생각을 잔잔히 풀어내는 에세이에 정을 주기도 했다. 가끔 시집도 사서 읽었다. 시는 힘이 셌다. 정제되고 함축된 시 한 구절이 가슴에 파문을 일으켰고 때로는 전율을 느끼게 했다. 이런 시를 만나면 바로 노트에 옮겨 적기도 하고, 페이지를 접어 표시해놓고 나중에 다시 읽곤 했다.

시는 바쁜 일상에 찌들고 힘들어하는 내게 든든한 버팀목이자 아픈 마음을 쓰다듬어주는 치유의 손길이었다. 시는 절망하는 나에게 가만히 손을 내밀어 다시 일으켜 세워주었고 삶의 의미와 해답도 암시해주었다. 때로는 까맣게 잊고 있던 지난날의 추억을 되살려주는 불쏘시개가 되어주기도 했다. 시는 힘이 강했다.

시를 읽으며 되살아난 추억들과 이야기를 직장생활을 할 때 종종 친구나 후배들에게 이메일로 전하곤 했다. 그리고 언젠가 시간이 되면 그 글들을 정리하여 책으로 엮어보고 싶었다. 그러나 글솜씨도 변변찮고 속마음을 여러 사람에게 드러내는 일에 자신이 없어 차일피일 미루기만 했다. 생각만 하며 지내던 중 유월이면 이 세상에 태어날 손주에게 할아버지가 살면서 경험한 이야기, 느낀 점을 전해 주는 것도 의미 있는 일이라는 생각에 용기를 냈다. 하지만 아직도 첫 고백처럼 부끄럽다.

늘 곁에서 함께하며 힘이 되어준 소중한 아내와 아들 내외, 그리고 형님, 누님들, 삶의 봄날을 도와주신 선후배님들과 한일은행 시절 이관우 행장님, 우리은행 이종휘 행장님, 이순우 행장님, 국제자산신탁 유재은 회장님께 머리 숙여 감사드린다. 또 이 책이 나올 수 있도록 주변에서 용기를 주고 격려해주신 분들과 옆에서 묵묵히 도와주신 도서출판 사람과나무사이 이재두 대표께도 감사 인사를 드린다.

2017년 5월 봄날에 김병효 씀

출판은 사람과 나무 사이에서 이루어지는 가치 있는 일입니다.
도서출판 사람과나무사이는 가치 있는 책으로 독자의 삶을
좀 더 가치 있게 만들기 위해 최선을 다하겠습니다.

"누구에게나 봄날은 아름답고 찬란합니다.
힘들고 고통스러운 나날도 묵묵히 참고 견뎌내면
어김없이 따스한 봄날이 찾아오고
아름답게 꽃 피울 것이라는
작지만 단단한 믿음을 가져봅니다."

– 본문 중에서

• 차례 •

## 1 참 좋은 당신

## 2 왜 걱정하십니까

## 3 어둠은 잠시, 새날은 눈부시다

# 1 • 참 좋은 당신 •

서로 함께 지내며,

함께 밥을 나눠 먹으며,

함께 웃고 함께 슬픔을 나누는

우리는 진짜 가족입니다.

# 사진 속 어머니

어김없이 계절은 바뀝니다. 어느 사이, 봄이 우리 삶의 한가운데에 와 있습니다. 목련이 지고, 이내 벚꽃이 피었다 집니다. 이젠, 라일락 향기가 코끝에 향기롭게 스며드는 오월입니다.

지난 주말에는 특별히 할 일이 없어 한참 신문을 뒤적이다가 문득, 오랫동안 펼쳐보지 않고 쌓아두었던 앨범이 떠올랐습니다. 여러 권의 앨범을 꺼내 툭툭 먼지를 털고 한 장 한 장 넘겨보았습니다. 어린 시절과 학창 시절의 사진들, 사랑하는 사람을 만나 결혼식을 올리던 그 기쁨의 순간들. 그리고 그 후 아들이 자라가는 모습을 찍은 사진들이 한동안 잊고 지냈던 순간들을 오롯이 되살려주었습니다.

일곱 살 무렵, 해인사 경내 계단에 앉아 찍은 사진이 눈에 들어왔습니다. 그 사진 속에는 젊고 예쁘신 어머니와 작은어머니, 나보다 한 살 많은 사촌 형이 웃고 있었습니다. 갑자기 어머니가 보고 싶었습니다. 왈칵 그리움이 솟아났습니다.

이제 나의 별로 돌아가야 할 시각이
얼마 남아 있지 않다

지상에서 만난 사람 가운데
가장 아름다운 여인은
어머니라는 이름을 갖고 있다

나의 별로 돌아가기 전에
내가 마지막으로 부르고 싶은 이름
어. 머. 니
– 김종해, 〈사모곡〉

그 사진을 스마트폰 카메라로 찍어 소중히 저장하였습니다. 이제, 젊고 예쁘신 어머니는 늘 저와 함께 살아갑니다.

초등학교 1학년 봄소풍에 어머니 따라오셨지요 점심시간 끝난 뒤 선생님 앞으로 모이는 시간 숫기 없는 저는 선생님이 노래를 시킨다 생각해 얼른 뭇둥 뒤로 가 숨었지요

아이들 속에서 저를 발견하지 못한 어머니 급히 가슴 쓸어내리며 여기저기 둘러보셨는데, 저쪽 묫등에서 무언가 까만 게 쏙 나왔다 들어가고 쏙 들어갔다 나오기에 자세히 살피다 그게 저라는 걸 알고 어머니 맨발로 달려오셨지요

어머니 지금 아버지와 같은 묫등 아래 누워 계시지요 모처럼 고향에 와 묫등에 풀 뽑아드리며 생각하니 이렇게 고향 올 때마다 그때 일 잊지 마라 하신 게 아니셨는지요 오늘은 저도 어린 날로 돌아가 어머니 묫등 뒤에 숨어보았어요

어머니 아직도 저를 찾으시나요 이제 흰 머리칼 성성한 이 아들 찾으셨나요 오늘은 손자 데리고 고향에 와 묫등으로 봄소풍 나왔어요 어머니 숨겨놓으신 보물 찾지 못한 채 서산으로 해가 기우네요

– 김완하, 〈어머니와 봄 소풍〉

시간은 참 빨리도 흘러갑니다. 영원히 함께할 것만 같은 사랑하는 가족들도 언젠가는 하나둘 이별하게 될 겁니다. 그러나 막상 그날이 되어서야 우리는 지난 일들을 아프게 떠올리고, 가슴을 치며 아쉬워할 겁니다. 어쩌면 그것이 우리네 삶인지도 모르겠습니다.

곁에 있는 가족이 오늘따라 더욱 소중하게 여겨집니다. 함께해서 참 좋습니다!

# 봄날은 아름답다

서울시 한강 남단의 서쪽 지역을 수직으로 가르는 서부간선도로 주변은 요즘 온통 활짝 핀 노란 개나리꽃 덤불로 덮여 있습니다. 내부순환도로를 오갈 때 마주치는 안산과 북한산 언저리에도 드문드문 핀 연분홍빛 진달래꽃이 눈에 들어옵니다.

진달래를 보면, 진달래 그 고운 꽃잎을 따먹고 놀던 어릴 적 일들이 마치 어제 일처럼 떠오릅니다.

초등학교 저학년 봄날의 일이었습니다. 부모님께는 말씀도 드리지 않은 채 수업을 마치고 곧장 시오 리 남짓 떨어진 곳에 사는 같은 반 친구 집에 놀러 갔습니다. 그러고는 무슨 바람이 불었는지 친구와 함께 콧노래를 부르며 뒷산 참꽃 구경을 나섰습니다.

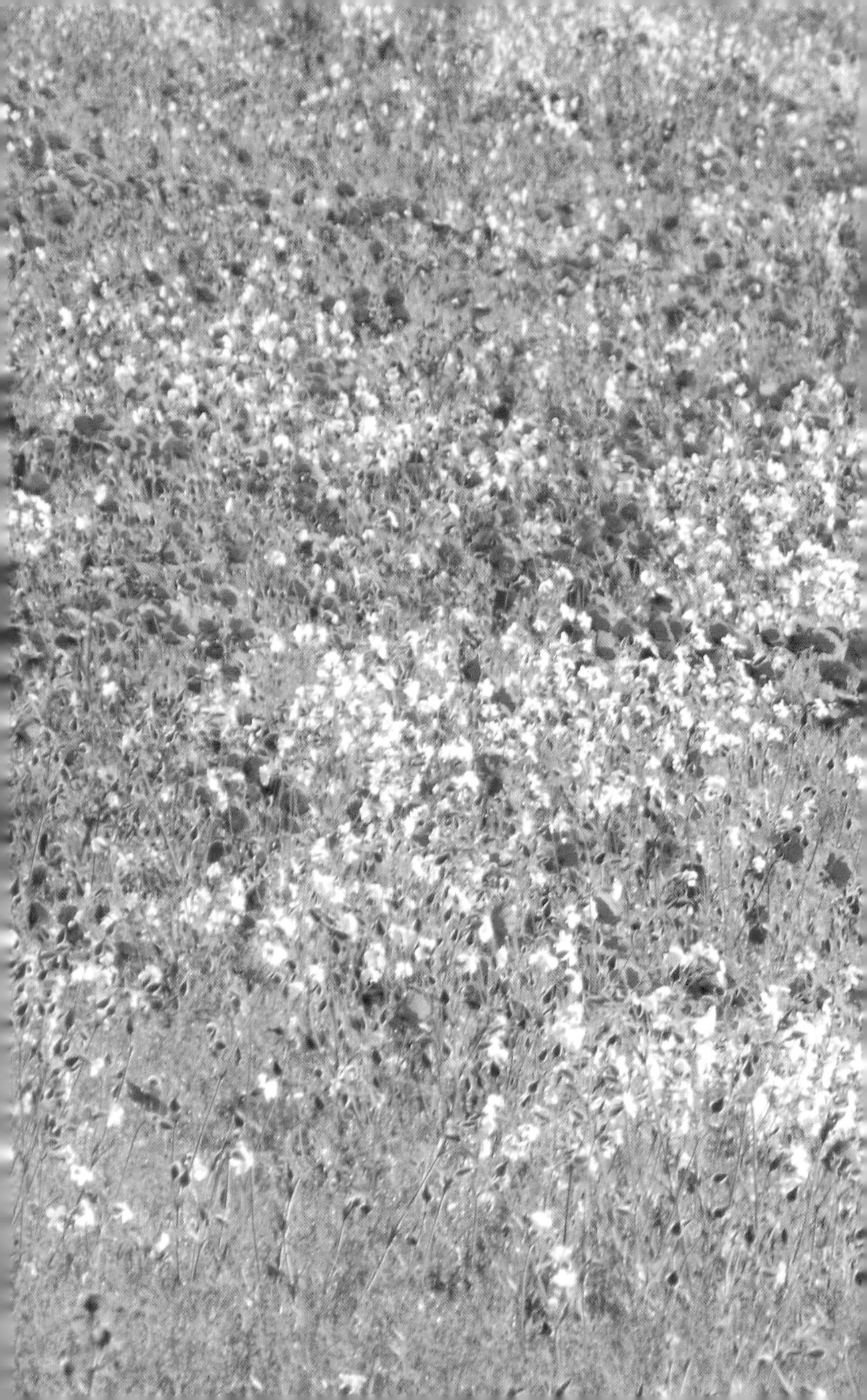

그곳에서 우리는 예쁜 꽃다발도 만들고, 탐스럽고 맛나 보이는 꽃잎도 따 먹으며 시간 가는 줄 모르고 놀았습니다. 그렇게 한참을 놀다가 친구와 헤어져서 부리나케 집을 향해 걸음을 옮겼습니다. 그즈음, 곱게 노을 지던 서쪽 하늘이 차츰 빛이 바래갔습니다. 불현듯 무서운 생각이 들어 참꽃 물들었던 입술에서 단내가 나도록 뛰고 걸었습니다. 하지만 이미 땅거미가 지는 어둑어둑한 저녁이 되어서야 겨우 대문을 들어설 수 있었습니다. 그날 막내의 행방을 몰라 집에서는 한바탕 소란이 일었다고 했습니다. 그래도 참꽃에 빠져 시간 가는 줄 몰랐던 그 시절이 그립기만 합니다.

북한산 입구, 뭉텅 잘려나간 하반신을 시커먼 고무 튜브로 감싼 채 자벌레처럼 기어오던 사내가 등산객들의 다리를 붙잡았다. 몇 사람이 바구니에 동전을 던지고 거머리를 떼어내듯 지나쳤다. 붙잡은 손을 뿌리치지 못한 여고생이 엉거주춤 서자 사내는 배밀이로 밀고 온 납작 바퀴 음악통 밑에서 휴대폰을 꺼내 무 무 문자 하 한번,이라고 했다. 왜뚤삐뚤 눌러쓴 글씨의 구겨진 종이를 여고생에게 내밀었다. 나 혼 자 북 한 산 에 서 조 은 구 경 하 니 미 얀 하 오 지 배 만 이 써 려 니 답 답 하 지 ? 지 배 가 면 우 리 가 치 놀 로 가 오 사 랑 하 오. 사내는 서늘한 눈매의 여자 사진이 붙은 예쁜 열쇠고리를 마구 흔들어 보이며 연방 누른 이의 웃음을 웃었다. 여고생은 고개를 끄덕이며 열심히 문자를 찍어주고 있었다. 북한산 입구, 봄날이었다.

– 김주대, 〈봄날〉

누구에게나 봄날은 아름답고 찬란합니다. 힘들고 고통스러운 나날도 묵묵히 참고 견뎌내면 어김없이 따스한 봄날이 찾아오고 아름답게 꽃 피울 것이라는 작지만 단단한 믿음을 가져봅니다. 간혹 찬란한 봄을 시샘하는 황사가 하늘을 온통 누렇게 뒤덮어도, 밤새 비가 내려 막 꽃피운 꽃잎들을 대기 중에 이리저리 흩어놓아도 봄은 정녕 따사롭고 아름답습니다.

> 성북동 성당에서 커피를 마시고, 성북동 길상사에서 밥을 먹고 걸어서 내려오던 날 버스정류장에서 엄마와 함께 버스를 기다리고 있는 한 아이를 만났다. 초등학교 3학년이고, 이름은 준호란다 한국인 아빠와 필리핀인 엄마에게서 태어났다 엄마와 아빠는 이혼했다 지금은 수녀원에서 운영하는 집에서 살면서 학교에 다닌다 오늘처럼 일주일에 한 번은 엄마가 혼자 사는 집으로 간다 함께 버스를 타고 가다가 내가 호주머니 속에서 사탕 하나를 꺼내주었다 아이는 한국말을 참 잘했다 아이는 배낭을 등에 멘 채 두 손으로 전자오락을 하고, 한국말이 서툰 엄마는 웃으면서 아이가 매우 똑똑하다고 나에게 자랑했다 엄마와 아이의 대화는 쉽지 않은듯 보였으나 정겨웠다 서로의 대화는 말로만 하는 것이 아니었다 이름이 유명한 야구선수의 이름과 같아서 내가 오래 기억할 수 있다고 아이에게 말했다 버스에서 엄마와 아이는 먼저 내리고, 우리는 그렇게 멀어지면서 다시 만나자며 손을 흔들었다
>
> – 윤희상, 〈봄에 만난 아이〉

마음 한구석이 짠해지는 이들 모자는 잘 지내고 있는지 문득 생각이 납니다. 준호가 엄마와 함께 이 세상을 기쁘고 힘차게 살아가면 좋겠습니다. 다문화가정을 쉽게 볼 수 있는 요즘, 더욱 세심한 보살핌과 사랑이 필요합니다. 그들은 우리의 소중한 이웃이니까요!

# 아버지의 빈자리

봄이 왔지만, 요 며칠 다시 겨울로 되돌아간 듯 추웠습니다. 날씨도 날씨지만, 지난 한 달간 나라 전체가 참으로 깊은 슬픔에 잠겨 있었습니다.

어제는 천안함 희생자들을 보내는 날이었습니다. 영원한 이별 앞에서 오열하는 유가족을 보며 모두 따라 울었을 것입니다. 저도 눈물과 함께 마음속으로 그분들의 영면을 빌었습니다.

살다 보면, 평생 잊을 수 없는 순간의 기억들이 참 많을 것입니다. 처음으로 줄넘기한 날, 운동회 때 1등으로 달리던 중 엄마를 쳐다보며 웃다가 넘어져 무르팍 다친 일, 새로 산 신발을 잃어버리고 맨발로 걸어 집에 간 기억, 처음으로 가슴 뛰게 한 아이, 합격자 명단에서 이름을 찾아내고 기뻐했던 일, 결혼식, 아이의 탄생 등등…….

그러나 좋았던 날의 기억보다는 가슴 아팠던 순간들이 오래도록 기억되는 것은 아픔을 통해 좀 더 성숙해지고 고난 뒤에는 어김없이 기쁨이 있었기 때문이 아닐까 혼자 생각해봅니다.

엊그제 일 같은데, 가만 헤아려보니 몇 해 전 어버이날이었습니다. 퇴근길에 습관처럼 라디오 채널을 고정해놓고 음악을 들으며 내부순환도로를 달렸습니다. 라디오에서는 가슴을 애잔하고 아프게 후비는 노래가 연속해서 흘러나왔습니다.

Mother of mine! / you gave to me / all of my life to do as i please / I owe everything
I have to you / Mother, sweet mother of mine……

산 설고 물설고 낯선 땅에 / 아버지 모셔드리고 떠나온 밤
얘야! 문 열어라 / 잠결에 후다닥 뛰쳐나가 / 잠긴 문 열어 제치니
찬바람이 온몸을 때려 / 뜬 눈으로 날을 새고……(중략)
아버지 목소리 들릴 때마다 / 세상을 향한 눈의 문을 열게 되었고……

도니 오스먼드(Donny Osmond)의 〈나의 어머니(Mother of mine)〉와 장사익의 〈아버지〉는 해 질 무렵의 저녁노을과 묘하게 어울리며 절로 눈

물이 나게 했습니다.

마산중학교 1학년 때인 봄날 토요일, 오전 수업을 마치고 교문을 나오니 생각지도 않았는데 아버지가 날 기다리고 계셨습니다. 당시 병중이던 아버지는 병원 다녀오는 길이라며, 내 손을 꼭 잡고 학교 앞 중국집으로 데리고 가셨습니다. 그러고는 당신은 아무것도 주문하지 않고 나에게만 자장면을 시켜주셨습니다.

세월이 한참 흐른 뒤에야 그때 이미 얼마 남지 않은 생을 예감하며 어린 나이에 집을 떠나 객지에서 공부하는 막내를 찾아오신 것이었습니다. 그러고는 애틋하기만 한 막내아들이 보고 싶어 교문 앞에서 기다리다가 한꺼번에 쏟아져 나오는 고만고만한 아이들 속에 뒤섞여 행여 못 만날까 이리저리 고개 돌리며 아들을 찾고 계셨습니다. 아버지의 그런 모습이 봄날이 되면 어김없이 되살아나곤 합니다.

들길에 찔레꽃 향기가 묻어나고 산에는 아카시아 꽃냄새와 꿩 울음소리가 바람결에 실려 오던 이태 뒤 어느 봄날이었습니다. 아버지는 만장(輓章)을 앞세운 꽃상여를 타고 마흔아홉 해 이승의 삶을 뒤로하고 조용히 저세상으로 가셨습니다.

아버지를 불렀다, 뱅뱅 공중을 돌다
사라지는 내 목소리
대문을 열고 들어서기만 해도 내 발자국 소리 알아듣고
잠시 바람 쐬러 나섰다가도 한달음에 오시던 아버지

마당에 덩그러니 서서 몇 번을 불러도
대답 없다, 방문 열고 내다보지도 않는다

아직도 나는 아버지의 부재를 믿을 수 없는 것이다
방문 열자 사방에서 밀려 나오는
아버지 냄새
어둑한 시간을 껴입은 적막이
부재의 깊이를 보여줄 뿐
간소한 세간살이와 몇 벌의 외출복
금방이라도 어디선가 불쑥 손을 내밀 것 같은
아버지, 가는 귀 어두워 들리지 않는 것일까
불러도, 목청껏 불러도 대답이 없다
실은 아버지도 뭐라 뭐라 큰 소리로 답하고 싶을 것이다
아버지, 부르면 오냐 왔느냐
아버지, 부르면 오냐 너그도 별고 없제
대답은 존재 증명의 방법
부르고 대답 듣는 것은
얼마나 기쁘고 행복한 일이냐

평소처럼 한마디 대답이
환청처럼 공중을 떠다니다 흩어지는 빈집,
아직도 아버지 온기와 숨결 살아 있는

집 안 적막 먹먹해서

나는 그만 소쩍새 울음을 울고

달빛은 누렇게 변색된 아버지 일기장을

한 장씩 읽고 또 읽는다

– 배한봉, 〈대답이 없다〉

한동안 아버지는 돌아가신 것이 아니라 잠시 출타하신 것처럼 여겨졌습니다. 아버지, 하고 부르면 금방이라도 막내 왔나, 활짝 웃으며 나오실 것만 같았습니다. 아버지의 죽음은 거짓말 같았습니다.

돌아가시던 그해 그달, 문밖에서 인사드릴 때 평상시와는 달리 아버지는 아무 대답이 없으셨습니다. 심지어 방문을 열고 내다보지도 않으셨습니다. 지나고 보니, 주무시나 보다 생각하고 돌아서서 버스 타고 마산으로 간 그 날 그 순간이 이승에서의 마지막 하직 인사인 셈이었습니다.

다시는 되돌아갈 수 없는 시절들이, 다시는 만나볼 수 없는 얼굴들이 안개처럼 피어오르고 이내 가슴속에 이슬이 맺힙니다.

# 아쉬움조차 추억이 되는 시간

초등학교 5학년이었던 그해 추석 무렵이었습니다. 대처에 일 보러 가셨던 아버지께서 막내아들의 추석빔으로 멋진 갈색 구두 한 켤레를 사 오셨습니다. 생전 처음 신어보는 가죽구두에 가슴이 두근거리고 기쁨이 온몸을 감싸는 느낌이었습니다.

그러나 흥분도 잠시, 당신께서는 그새 자라버린 막내의 발 치수를 고려하지 못하셨는지 새 구두는 내 발에 작았습니다. 꽉 끼어 발이 아팠지만 잘 맞는다고 우겼습니다. 그러나 치수가 작은 걸 눈치챈 아버지는 나를 달래시고는, 그 구두를 사촌 동생에게 주고 말았습니다. 무척이나 아쉬웠지만, 대신 운동화를 얻어 신은 것을 끝으로 그해 추석은 지나갔습니다.

나이 쉰이 되어도
어린 시절 부끄러운 기억으로 잠 못 이루고

철들 때를 기다리지 않고 떠나버린
어머니, 아버지

아들을 기다리며
서성이는 깊은 밤

반백의 머리를 쓰다듬는
부드러운 달빛의 손길
모든 것을 용서하는 넉넉한 얼굴

아, 추석이구나
– 유자효, 〈추석〉

추석은 부모님이 살아 계실 때가 좋았습니다. 그 시절이 진짜 추석이었습니다. 부모님 돌아가신 뒤 맞이했던 추석은 기쁨보다는 아쉬움과 허전함이 더 많은 날로 변해갔습니다. 형제들은 서로서로 안부 묻고, 차례 지내고, 선산을 돌며 성묘했습니다. 선친이 생전에 심어놓으셨던 수백 그루 밤나무에서 밤알 몇 개 줍고 나면, 갈 길 바쁜 형제들은 제각기 건강히 잘 지내라고 당부하고 손 흔들며 떠나갔습니다.

나의 옛 흙들은 어디로 갔을까
땡볕 아래서도 촉촉하던 그 마당과 길들은 어디로 갔을까
나의 옛 개울은, 따갑게 익던 자갈들은 어디로 갔을까
나의 옛 앞산은, 밤이면 굴러다니던 도깨비불들은 다 어디로 갔을까
런닝구와 파자마 바람으로도 의젓하던 옛 동네어른들은 어디로 갔을
까 누님들, 수국 같던 웃음 많던 나의 옛 누님들은 다 어디로 갔을까
나의 옛 배고픔들은 어디로 갔을까 설익은 가지의 그 비린내는 어디
로 갔을까
시름 많던 나의 옛 젊은 어머니는 나의 옛 형님들은, 그 딴딴한 장딴
지들은 다 어디로 사라졌을까
나의 옛 비석치기와 구슬치기는, 등줄기를 내려치던 빗자루는, 나의
옛 아버지의 힘센 팔뚝은, 고소해하던 옆집 가시내는 어디로 갔을까
나의 옛 무덤들은, 흰머리 할미꽃과 사금파리 살림들은 어디로 갔을까
나의 옛 봄날 저녁은 어디로 갔을까 키 큰 미루나무 아래 강아지풀
들은, 낮은 굴뚝과 노곤하던 저녁연기는
나의 옛 캄캄한 골방은 어디로 갔을까 캄캄한 할아버지는, 캄캄한
기침소리와 캄캄한 고리짝은, 다 어디로 흩어졌을까
나의 옛 나는 어디로 갔을까, 고무신 밖으로 발등이 새카맣던 어린
나는 어느 거리를 떠돌다 흩어졌을까

– 김사인, 〈아무도 모른다〉

명절이 절실하게 기다려졌던 그 시절의 옛일들이 생각납니다. 그 많

던 얘깃거리가 이제는 자꾸 줄어만 갑니다. 기억조차 희미한 그 시절 추억들은 다 어디로 갔을까요. 지나간 한 시절이 어디로 갔는지 모르겠습니다.

# 진짜 보물은 가까운 곳에 있다

올해 여름은 찜통더위의 의미를 자연스럽게 체험하게 해주는 시간입니다. 그러나 엊그제가 입추(立秋)였으니, 이제 오래지 않아 끈질기기만 했던 여름도 서서히 물러갈 것입니다.

지치고 힘들 때는 휴식이 필요합니다. 지난주에 2박 3일 일정으로 남해와 거제도를 다녀왔습니다.

남해의 노량 앞바다는 그 옛날 전쟁의 상처를 잊고 무심한 듯 잔잔히 흐르고 있었습니다. 400년 전, 절체절명의 위기에 빠진 우리나라를 지켜낸 이순신 장군이 마지막 승리를 거두고 돌아가신 그 역사의 바다입니다. 저 멀리 건너편에 보이는 광양항 부두의 컨테이너 크레인이 역동적인 오늘을 말해주는 듯합니다. 푸르고 잔잔한 바다, 그 위에 수많은 작은 섬들이 눈길 닿는 곳마다 바둑판의 바둑알처럼 자리하고 있습니다.

요즘은 명승지에 가면 관광안내소가 설치되어 있어 누구나 손쉽게 관광지도를 구할 수 있습니다. 남해와 거제도에서 얻은 지도를 살펴보다 보니, 거기에 표시된 정보가 자연스럽게 비교되었습니다. 도로표지판도 서로 크게 차이가 났습니다. 지방자치 단체의 실력이 안내지도와 같은 사소한 것에서도 확연히 드러남을 알았습니다. 아무튼, 모처럼 자유로운 시간을 보낸 여행에서 생기를 듬뿍 얻어 돌아왔습니다.

지난날 아프리카에서 다이아몬드가 발견되자, 전 세계 여러 나라 사람들이 다이아몬드 채굴에 열을 올렸습니다. 다이아몬드를 캐낸 많은 사람이 졸지에 백만장자가 되었습니다. 중앙아프리카의 어느 시골에 살던 라마르라는 청년도 그 대열에 합류하기로 했습니다. 그는 백만장자의 꿈을 이루기 위해 자신의 농장을 팔고 가족을 모두 남겨둔 채 다이아몬드를 찾아 오랫동안 헤매고 다녔습니다. 결국, 그는 가진 돈을 모두 탕진하고 실의에 빠져 강물에 몸을 던지고 말았습니다.

라마르의 농장을 사들인 사람은 어느 날 농사를 짓다가 신기하게 생긴 돌을 발견했습니다. 그는 그것을 집으로 가져다가 벽난로 위에 얹어 놓았습니다. 그의 집에 놀러 온 한 친구가 그 돌을 보고 "내 평생에 이렇게 크고 멋진 다이아몬드는 본 적이 없다"라고 말하며, "넌 다이아몬드도 못 알아보느냐"라고 핀잔을 주었습니다. 그제야 그 농장주인은 자신이 산 농장이 온통 양질의 다이아몬드로 뒤덮여 있는 것을 알게 되었습니다. 라마르의 농장은 전 세계에서 가장 많은 다이아몬드가 묻힌 대단한 광산이었던 겁니다.

당연하게도, 농장을 산 농부는 벼락부자가 되었습니다. 그러나 원래 주인 라마르는 그 사실도 모른 채 엉뚱한 곳만 찾아 헤매다 비참하게 죽고 말았던 겁니다.

삶의 그늘을
아무나 드리우는 것은 아니다
사나운 비바람을 이겨내고
뜨거운 햇볕의 고통을 겪고 나야
비로소 그늘을 소유하는 자가 된다

삶의 혜안을
아무나 지니는 것은 아니다
보기 싫은 것도 헤아려 볼 줄 알고
보고 싶은 것도 참고 지나쳐야
참된 지혜의 눈을 갖춘 자가 된다.

– 박호영 〈현자賢者〉

어쩌면 우리도 라마르처럼 어리석을지도 모릅니다. 우리 안에 감추어진 진정한 보석을 발견하지 못한 채 성공한 사람을 부러워만 하며 아까운 시간을 낭비하고 있는지도 모릅니다. 또한, 곁에서 묵묵히 인내하며 내 삶에 함께하는 아내가, 간혹 말썽부리지만 존재 자체가 축복인 사랑하는 자식이, 그저 무덤덤하게 대하지만 내 삶에 큰 힘이 되어주는 동료와 선후배가, 그리고 절친한 친구가 진정한 보석이 아닐까 생각해봅니다.

# 아버지의 혼불

1971년 5월 13일, 중학교 3학년 때 일이었습니다. 2교시 수업 중에 교실 앞문을 열고 들어온 국어 선생님이 나를 밖으로 불러내셨습니다. 선생님은 내게 아버지가 돌아가셨다며 빨리 집으로 가라고 하셨습니다. 그 순간, 나도 모르게 눈에 눈물이 괴었습니다. 아버지가, 아버지가 돌아가셨다니……. 숨이 막혔습니다. 교실로 들어와 주섬주섬 책가방을 챙겨 들고 나왔습니다. 친구들은 무슨 영문인지 모르고 말없이 나를 보고만 있었습니다.

형이랑 자취 생활하던 집으로 한달음에 달려가니 형이 먼저 와 있었습니다. 형도 눈가가 젖어 있었습니다. 급히 시외버스 정류장으로 가서 차표를 사고 버스를 기다렸습니다. 고향으로 가는 버스가 두 시간 간

격으로 배정되어 있던 시절이라 마냥 기다리는 수밖에 다른 도리가 없었습니다.

부산에서 출발한 버스가 정류장에 도착했습니다. 타고 보니, 어린 조카를 품에 안은 채 울고 있는 큰누나가 보였습니다. 서로 눈이 마주친 우리 형제는 또 울었습니다. 뒤늦게 소식을 듣고 오신 당숙은 가서 할 일이 많으니 나더러 다음 차로 오라며 내 차표를 가지고 먼저 출발했습니다. 나는 혼자 남아 있다가 뒤늦게 집으로 가는 버스를 탔습니다.

혼자서 가는 길은 멀고도 슬펐습니다. 자꾸만 눈물이 나왔습니다. 창밖을 보면서 소리 없이 울었습니다. 의령을 지날 즈음, 소나기가 내렸습니다. 차창에는 빗물이 방울방울 흘러내렸고, 내 볼을 타고 눈물이 흘러내렸습니다.

고향 집에 도착하자, 비는 그치고 앞산 봉우리 위로 무지개가 보였습니다. 나는 삼베 수의를 입고 관 속에 누워 계신 아버지께 큰절을 올리고 가슴속 울음을 토해냈습니다.

그날 밤 자정 무렵, 혼자서 대청마루에 앉아 아버지와 함께했던 세월을 떠올렸습니다. 그때였습니다. 마당 한가운데서 호박만 한 크기의 불덩어리가 천천히 하늘로 떠오르고 있었습니다. 혼불, 아버지의 혼불! 아버지와 막내아들은 그렇게 마지막 작별인사를 나누었습니다.

> 어린아이가 죽은 날 밤 맑고 푸르른 혼불이 가볍게 산 너머 서천으로 흐르는 것을 보았다. 어른이 죽으면 이 세

상 살아온 그 빛깔 그대로 혼불은 아득히 산을 넘어갔다. 때로는 궂은비 내렸다.

(중략)

혼불을 본 사람이 없었다. 사람만 떠나고 혼불 혼자 남아 고향 도랑가 가재를 잡고 있는 것일까. 밤낮 없이 울리는 종소리들이 혼불을 거두어 먼저 떠나버린 것일까.

(후략)

– 이재금, 〈혼불〉 중에서

시내버스 안에서
초라한 행색의 한 벙어리 소년이
땀을 흘리며
꾸역꾸역 울고 있었다
주변의 눈치를 살펴보면서
누가 보면 울음을 그치고
시선이 거두어지면
다시 울었다
그러나 그 소년의
땀 흘리는 검은 얼굴에서
샌들을 꿴 때꼽 낀 발가락에서
앙상하게 여윈 팔꿈치에서
헤어나지 못하는 절망과

비탄의 수렁을 볼 수 있었다
소년의 몸에서는 선향 냄새가 났고
울음의 가락은
상주의 것을 닮아 있었다
그리고 굳은 혀에서 새어 나오는
'아바' '아바' 소리를
나는 들었다

어머니의 사망과 아버지의 위독을
동시에 전해 듣고
남으로 달리는 고속버스 속에서
스물일곱 살의 나는
얼마나 절망에 빠져 소리 죽여 울었었던가
구원받을 수 없을 것 같았던 절망 속에서
쓰러질 것 같았던 허기와 허한 속에서
나는 얼마나 세상을 원망했던가
(중략)
어쩌면 행려병자로서 죽어간
홀아버지를 불에 태워 날려 보내고
돌아오는 길인지도 모르는 벙어리 소년에게
나는 이렇게 말하고 싶다
살아라. 살아라

비겁해도 좋고, 비열해도 좋다
질기게, 질기게 살아라
못 견딜 것 같은 절망도, 허무도, 원망도
끈질긴 목숨의 끈 앞에서는
그래도 잊혀지고
어느새 그림자의 한 부분이 되는 것이다
우리는 절망을 극복할 순 없지만
절망이 한눈을 팔고 있을 때
그 순간, 그 순간들을
억세게, 억세게
목숨의 끈으로 이어가야 하는 것이다

– 유자효, 〈어느 날의 울음 이야기〉 중에서

아버지가 돌아가시던 날의 내 모습을 보는 것 같았습니다. 이제는 꿈속에서도 찾아오지 않는 아버지, 그곳에서 어머니랑 잘 지내고 계시는지, 막내 문안 올립니다.

# 가슴속 못 하나

강원도 인제에서 군 복무 중일 때 지금껏 늘 곁에 있는 아내의 언니가 결혼한다는 소식을 들었습니다. 1980년 여름 무렵의 일로 기억합니다. 당시만 해도 장교 신분으로 정기휴가도 제대로 챙길 수 없던 시절이었습니다. 며칠 동안 고민하던 나는 어렵게 외박증을 구해 결혼식이 열리는 약현성당(지금 중림동 성당)으로 갔습니다.

임관 전에 아내의 부모님께 한 번 인사를 드린 적은 있었습니다. 그러나 그때까지만 해도 사윗감으로 공식 인정받지는 못하고 있었기에 먼발치에서 결혼예식을 지켜봐야 했습니다. 나는 가톨릭 신자가 아니어서 모든 예식절차가 낯설었습니다. 아무튼, 경건하고 엄숙하게 혼인미사가 진행되었습니다.

일반 예식장에서 주례말씀은 여러 번 들어보았지만, 제대로 기억에 남는 말씀은 거의 없었습니다. 그날, 신부님의 말씀이 너무도 신선하고 가슴에 와 닿았습니다. 그날의 강론 말씀을 오랜 시간이 지난 지금까지도 잊지 않고 소중히 기억하고 있습니다. 간략히 요약해서 소개하면 다음과 같습니다.

어느 마을에 두 집이 담 하나를 사이에 둔 채 나란히 살고 있었다. 한 집은 늘 웃음소리가 담장 너머로 울려 퍼지는 화목한 가정이었고, 다른 한 집은 사나흘 간격으로 서로 악다구니하며 싸우는 소리가 끊이지 않았다. 늘 분란이 일상인 집안의 가장이 어느 날, 옆집은 어째서 한 번도 싸우지 않고 화목하게 잘 지내는지 궁금하다며 막내아들에게 알아보고 오라고 시켰다.

막내아들이 마침 저녁 먹을 때쯤, 옆집으로 가서 친구 이름을 불렀다. 그 당시는 밥때 찾아온 손님에게는 같이 밥 먹자고 하는 것이 인사였다. 그 집 밥상에서 아들은 옆집 식구들과 같이 저녁을 먹었다. 밥상에 특별한 점은 없었다. 자기 집에서 늘 먹던 것과 별반 다르지 않은 평범한 반찬들이었다. 한데, 그 집 식구들은 "참 맛있네!", "오늘 음식은 간이 참 잘 맞네!" 하며 맛있게 먹었다. 하나에서 열까지 그 집 분위기는 자기 집과는 확연히 달랐다. 막내아들은 밤늦도록 친구와 놀다가 그 집에서 자고 가기로 했다.

다음 날 아침, 막내아들은 그 집에서 아침밥까지 얻어먹었다. 온 식구가 둥근 상에 둘러앉았다. 직장 다니는 그 집 맏아들은 출근 준비를 한 뒤 식사를 같이했다. 큰아들이 물을 달라고 하자 어머니가 물통을 주었다. 큰아들이 직장에 다녀오겠다며 인사하고 일어서던 중에 물통을 건드려 물이 쏟아졌다. 상 위에도 물이 흥건했고, 큰아들 바지도 흠뻑 젖었다.

그 모습을 보며 막내아들은 속으로 한바탕 소란이 일어나겠다고 예상했다. 그러나 잠시 후 그는 자신의 예상이 완전히 빗나갔다는 걸 알게 되었다. 아침부터 덤벙거려 죄송하다는 장남, 물통을 방바닥에 내려놓을 걸 하고 후회하며 가족들에게 사과하는 어머니, 미안한 얼굴로 어서 옷 갈아입고 가라는 아버지……. 옆집 가족의 화목한 모습은 누가 여기다 물통을 놔두었느냐며 화내고, 조심성이 없다고 혀를 차며 나무라고, 조심성 없는 걸 보니 직장생활도 걱정된다며 핀잔을 놓고 잘못을 비난하는 자기 집과는 달라도 너무 달랐다.

웃음꽃 피는 그 집은 내 잘못이다, 내 탓이라고 할 때 다툼이 끊이지 않는 자기 집은 서로 네 탓이라며 상대를 비난해왔음을 깨달은 것이다.

결혼 생활도 마찬가지다. "너 때문에 이 모양이다", "너 때문에 이런 나쁜 일이 생겼다"라는 식의 '네 탓'이 아니라 "내가 더 잘할걸", "내가 부족해서……"라는 식으로 '내 탓'할 때 모두가 화목하고 행복한 삶을 이어갈 수 있다.

뭔가 안 좋은 일이 생기면, 결과가 좋지 않으면 핑계를 찾고 때론 원망과 비난도 해왔던 나 자신이 부끄러웠습니다. 남을 향하던 손가락을 나에게로 돌리는 소중한 계기가 되었던 그날이 문득 생각납니다.

못을 뽑습니다
휘어진 못을 뽑는 것은
여간 어렵지 않습니다
못이 뽑혀져 나온 자리는
여간 흉하지 않습니다
오늘도 성당에서
아내와 함께 고백성사를 하였습니다
못자국이 유난히 많은 남편의 가슴을
아내는 못 본 체하였습니다
나는 더욱 부끄러웠습니다
아직도 뽑아내지 않은 못 하나가
정말 어쩔 수 없이 숨겨둔 못대가리 하나가
쏘옥 고개를 내밀었기 때문입니다

– 김종철, 〈고백성사 – 못에 관한 명상 1〉

내 가슴에도 아직 뽑아내지 못한 못들이 있습니다. 숨겨진 못은 가끔씩 불쑥 고개를 내밀곤 합니다. 그러나 언젠가는 그 못을 뽑겠습니다. 부끄러운 그 못을.

용인성당 젊은 사제는 소금인형 이야기로 주례사를 시작했다
하객 없는 결혼식은 7년간의 동거를 끝낸다는 선언이었다

소금인형이 긴 여행 끝에 다다른 곳은
검푸른 바다였습니다
소금인형은 바다를 보고 물었습니다
네 이름이 뭐니? 나? 바다라고 불러
바다가 뭔데? 어떻게 하면 너를 알 수 있니?
네 발을 내게 담가봐 그럼 나를 알 수 있을 거야
소금인형은 바다에 한쪽 발을 밀어넣었습니다
소금인형은 소리 없이 사라지는 발을 보며 말했습니다
바다야 그래도 나는 너를 알 수 없는걸
그럼 나머지 발도 넣어봐
소금인형은 나머지 발을 바다에 넣었습니다
그 발도 소리 없이 사라졌습니다
그래도 너를 모르겠어
그럼 네 몸뚱이 전부를 넣어봐
소금인형은 바다에 온몸을 담갔습니다
몸뚱이가 소리 없이 사라지고 있었습니다
소금인형은 사라지는 제 몸뚱이를 보며 말했습니다
이제야 너를 알 수 있을 것 같아
바다는 사라지는 소금인형에게 말했습니다
서로에게 모든 것을 주지 않으면서
서로를 알았다고 말하는 건 거짓말이야
이 말에 소금인형은 대답할 수 없었습니다

그는 주례사를 끝낸 젊은 사제를 노려보았다

그는 7년 동안 그녀에게 담갔던 몸을 빼고 있었다

그녀의 몸에서 낮달 하나 몸 저쪽으로 지고 있었다

– 김윤배, 〈그녀에게서 몸을 빼다〉

서로에게 모든 것을 주지 않으면서 서로를 알았다고 하는 것은 거짓이라는 구절이 가슴을 스쳐 지나갑니다.

## 분단의 아픔

'그'는 평안남도 맹산군의 어느 시골 마을 경주 이씨 문중에서 태어났고, 열일곱 살의 나이에 집을 떠나 서울로 유학을 오셨다고 합니다. 사범학교에 다닐 때 해방이 되었는데, 잠시 부모님을 뵈려고 다녀온 뒤 두 번 다시 고향 땅을 밟지 못했습니다. 38선을 경계로 남북으로 나뉘고 길이 막혔습니다. 그 후 전쟁이 났고, '그'는 장교로 입대하여 전란을 겪었습니다.

이남 땅에는 형제 둘뿐 다른 혈육은 없어 늘 외롭고 힘들었습니다. 전쟁이 끝나고 가정을 이루었으나 군 생활은 연줄 하나 없는 이북 출신의 한계를 뛰어넘기 어려웠습니다. 계급정년으로 전역하고 사회로 나왔지만 여전히 세상은 만만하지 않았나 봅니다.

아이들은 자랐고, 생계를 위해 '그'의 아내는 파독 간호사가 되어 가족들과 떨어져 살았습니다. 매달 부쳐오는 돈은 살림에 큰 보탬이 되었습니다. 가장으로서 면목이 없었지만, 달리 어쩔 도리가 없었으리라 생각합니다.

몇 년 뒤, '그'는 아내의 초청으로 자식들만 남겨두고 독일에 갔습니다. 그리고 그곳에서 부부가 함께 살았습니다. 해가 갈수록 형편은 나아졌고 자식들도 장성했습니다. 서울에 집도 한 채 장만하고 휴가 때면 한 달씩 왔다 갔다 할 수도 있어서 참 좋았답니다.

삶은 기쁨과 슬픔이 그려내는 쌍곡선. 밝음 뒤에는 반드시 어둠이 스며들고, 고통 끝에 기쁨이 찾아오는 인생살이의 굴곡을 온몸으로 겪고 부딪히며 살아온 한평생이었습니다. 끝내 고향 땅 두 번 다시 밟지 못하고, 이제는 포천 송우리 혜화동 천주교회 묘역에 장모님과 나란히 누워계시는 장인어른이 바로 '그'입니다. 한동안 찾아뵙지 못해 죄송합니다. 올봄, 눈 녹고 꽃 필 때 꽃다발 들고 꼭 찾아뵙겠습니다.

꿈에 네가 왔더라
스물세 살 때 훌쩍 떠난 네가
마흔일곱 살 나그네 되어
네가 왔더라

살아생전에 만나라도 보았으면
허구한 날 근심만 하던 네가 왔더라

너는 울기만 하더라
내 무릎에 머리를 묻고
한마디 말도 없이
어린애처럼 그저 울기만 하더라
목놓아 울기만 하더라
네가 어쩌면 그처럼 여위었느냐
멀고먼 날들을 죽지 않고 살아서
네가 날 찾아 정말 왔더라
너는 내게 말하더라
다신 어머니 곁을 떠나지 않겠노라고
눈물어린 두 눈이
그렇게 말하더라 말하더라.

– 김규동, 〈북에서 온 어머님 편지〉

얼마나 그리웠을까요. 눈물이 납니다. 생이별은 늘 가슴에 무거운 돌덩어리 하나로 남겨져 숨 쉬고 살았을 것입니다.

너희라도 가거라.
어머님의 결단은 단호하였다.
집, 집이 뭣인데?
가장집물이 뭣인데?
결국은 조그만 所有가, 우리를

얽매고, 결단을 망서리게 하였다.

너희라도 가서
어디든 잘만 살거라.
어머님이 등을 떠다밀어
겨우 움직일 생각을 했다.
그래, 어디든 가서
잘만 살려문, 잘만.
할머님은 몹시 서운해 하셨다.

이미 七十고개를 넘으신
할머니와의 작별은, 목에
칼을 찔렀다. 드디어
아내가 울기 시작하였다.
할머님도 울고, 가족들이
울었지만, 어머님은
울지 않으셨다. 며느리의
손을 꼭 잡고
뭐, 니어 돌아올텐데.
전쟁이 길문 얼마나 길간.

전쟁도 길었지만, 결국은

그것이 마지막이 되었다. 요즘 들어
아내는 以北에 갈거라고, 미 시민권
시험을 준비하고 있었다.
얼마 후에, 그것을 단념하였다.
만나고 오면 더 허무할 것이라
고, 그날부터
아내는 세상 재미가 없는
사람처럼 쇠진해 가고 있었다.
이것이 아내를 깜박 꺼지게 하였다.

– 박남수, 〈하직下直 – 월남越南의 추억〉

전쟁 통에 곧 다시 만나리라 생각하고 젊은 아들 내외를 잠시 떠나보냈는데, 영원한 이별이 될 줄 누가 알았을까요. 어떻게 잊을 수 있을까요.

피난살이 고생살이 지긋지긋하게 겪으며 한세상 살다 저세상으로 차례로 가시는 우리 부모님들이 여기저기 너무 많습니다. 그분들의 무덤이 너무 많습니다. 자식들에게는 내색하지 않고 속으로만 큰 울음 삼키며 걸어오신 발자국이 오늘따라 크게 느껴집니다.

## 주님을 부르던 날

생후 한 달 된 아들이 잠든 사이, 아내와 함께 여의도 광장에서 거행되는 한국천주교회 순교자 103인의 시성식 중계방송을 보고 있었습니다. 1984년 5월 6일의 일입니다. 아내는 천주교 신자입니다. 비신자와 결혼하려면 교회의 허락을 받아야 하는 교회법에 따라 우리는 신부님을 만나 관면(寬免) 받고 혼인미사도 올렸습니다. 하지만 차일피일 미루며 그때까지도 세례를 받지 않은 상태였습니다.

김포공항에 도착한 교황 요한 바오로 2세는 비행기 트랩을 내려오자마자 엎드려 땅바닥에 입맞춤했습니다. 그분의 겸손한 모습에 감동한 나는 세례를 받겠다는 약속을 지키지 못한 자신이 그날따라 무척 부끄러웠습니다.

그 이듬해, 아내의 생일날이었습니다. 보름 전 건강검진에 이상소견이 있어 가슴 사진을 다시 촬영한 적이 있었는데, 마침 그날 결과를 통보받았습니다. 결핵 초기이므로 3개월 인병(因病)휴가를 명한다는 내용이었습니다. 영문도 모른 채 일찍 집에 온 나를 반기며 아내가 손수 차려온 생일상을 보니 갑자기 목이 메었습니다. 자초지종을 설명하자, 아내는 눈물을 뚝뚝 흘리며 흐느꼈습니다. 가슴 아팠던 아내의 생일날이었습니다.

다음 날, 혹시나 하는 마음에 가까운 전문병원을 찾아가 둘이 같이 엑스레이를 찍고 판독을 기다렸습니다. 결과는 더 아팠습니다. 부부는 일심동체라고, 아내도 '결핵 초기'라는 결과가 나왔습니다. 그날부터 당장 약을 먹었습니다. 시간 맞춰 약 먹고, 주사 맞고, 기름진 음식을 먹으며 의지를 다졌습니다.

그렇게 한여름이 지나가고 계절은 바뀌었습니다. 상태도 차츰 호전되어갔습니다. 우리 두 사람 모두 체중도 불고 혈색도 좋아졌습니다.

우리 부부에게 갑작스럽게 닥친 고통과 우환이 온전히 내 탓으로 여겨졌습니다. 그간 미루어왔던 세례를 받기 위해 교리공부도 시작했습니다. 회사에도 다시 출근했습니다. 건강은 한결 좋아졌습니다.

이듬해 부활절 때 세례를 받았고, 몇 년 뒤 제44차 세계성체 대회에 다시 한국을 방문하신 교황 요한 바오로 2세를 모시고 여의도 광장에서 함께 미사를 올릴 수 있었습니다.

주님을 부르던 날, 당신은 제게 응답하셨나이다.

해도 안 뜬 새벽부터
산비탈 밭에 나와 이슬 털며 깨단 묶는
회촌마을 강씨 영감,

성경 한 줄 못 읽는 까막눈이지만
주일이면 새 옷 갈아입고
경운기 몰고
시오리 밖 홍업공소에 미사 드리러 간다네

꾸벅꾸벅 졸다 깨다
미사 끝나면
사거리 옴팍집 손두부 막걸리를
하느님께 올린다네
아직은 쓸 만한 몸뚱아리
농투성이 하느님께 한 잔,
만득이 외아들 시퍼런 못물 속으로 데리고 간
똥강아지 하느님께 한 잔,
모 심을 땐 참꽃 같고
추수할 땐 개좆 같은
세상에게도 한잔……

그러다가 투덜투덜 투덜대는

경운기 짐칸에 실려
돌아온다네
– 전동균, 〈까막눈 하느님〉

정갈한 옷 차려입고 먼 길 마다치 않고 주일미사에 꼬박꼬박 참례(參禮)하시는 할아버지는 참 신앙인입니다. 먼저 간 영혼을 위해 기도드리고, 세상을 위해 또 기도드리고, 자신을 건강하게 잘 지켜주심에 감사기도 드리는 까막눈 할아버지. 많이 배우고 잘난 사람들보다 훨씬 더 귀한 아들입니다.

폭설이 쏟아져 내리는 이스탄불 밤거리에서
커다란 구두통을 멘 아이를 만났다
야곱은 집도 나라도 말글도 빼앗긴 채
하카리에서 강제이주당한 쿠르드 소년이었다

오늘은 눈 때문에 일도 공치고 밥도 굶었다며
진눈깨비 쏟아지는 하늘을 쳐다보며
작은 어깨를 으쓱한다
나는 선 채로 젖은 구두를 닦은 뒤
뭐가 젤 먹고 싶냐고 물었다
야곱은 전구알같이 커진 눈으로
한참을 쳐다보더니 빅맥, 빅맥이요!

눈부신 맥도날드 유리창을 가리킨다

학교도 못 가고 날마다 이 거리를 헤매면서
유리창 밖에서 얼마나 빅맥이 먹고 싶었을까
나는 처음으로 맥도날드 자동문 안으로 들어섰다
야곱은 커다란 햄버거를 굶주린 사자새끼처럼
덥썩 물어 삼키다 말고 나에게 내밀었다

나는 고개를 저으며 담배를 물었다
세입쯤 먹었을까
야곱은 남은 햄버거를 슬쩍 감추더니
다 먹었다며 그만 나가자고 하는 것이었다
창밖에는 흰 눈을 머리에 쓴
대여섯 살 소녀와 아이들이 유리에 바짝 붙어
뚫어져라 우리를 쳐다보고 있었다

야곱은 앞으로 만날 때마다
아홉 번 공짜로 구두를 닦아주겠다며
까만 새끼손가락을 걸며 환하게 웃더니
아이들을 데리고 길 건너 골목길로 뛰어들어갔다

아, 나는 그만 보고 말았다

어두운 골목길에서 몰래 남긴 햄버거를
손으로 떼어 어린 동생들에게
한입 한입 넣어주는 야곱의 모습을

이스탄불의 풍요와 여행자들의 낭만이 흐르는
눈 내리는 까페 거리의 어둑한 뒷골목에서
나라 뺏긴 쿠르드의 눈물과 가난과
의지와 희망을 영성체처럼
한입 한입 떼어 지성스레 넣어주는
쿠르드의 어린 사제 야곱의 모습을

– 박노해, 〈이스탄불의 어린 사제〉

주님, 저희를 불쌍히 여기소서.
주님, 저희에게 자비를 베푸소서.
주님, 저희에게 평화를 주소서.

# 우리 손자 저기 있네

길을 가다 보면 아이를 찾는다는 현수막을 보기도 하고, 안내 전단을 나누어주는 어버이의 깊은 슬픔을 만나기도 합니다. 얼마 전, TV 뉴스에서 40년 전에 어느 작은 기차역에서 잃어버린 아들을 애타게 찾고 있는 60대 어머니의 사연을 소개했습니다. 젊은 아기 엄마가 기차를 기다리다 화장실 다녀오려고 옆에 있는 할머니에게 아기를 잠시 맡겼는데, 돌아와 보니 아기와 할머니가 없어졌다고 합니다. 그때부터 그 엄마는 잃어버린 아들을 지금까지 애타게 찾아 헤매고 있다는 사연이었습니다. 애끓는 그 심정을 생각하면 가슴이 저립니다.

아들이 네 살 때였습니다. 아내와 어린 아들을 데리고 신촌에 있는 백화점에 갔을 때의 일입니다. 백화점에 들어서자, 아이가 쉬가 마렵다고 했습니다. 아내는 화장실 다녀올 동안 전화할 때가 있다고 공중전화 박스로 가고, 나는 아이를 데리고 화장실에 가서 오줌을 뉘었습니다. 나도 볼일이 보고 싶어 아들에게 꼼짝 말고 아빠 뒤에서 기다리라는 주의를 주고 볼일을 보았습니다. 갑자기 아이가 잘 있는지 궁금해서 고개를 돌려보니 없었습니다. 그 순간, 눈앞이 캄캄했습니다. 급히 뛰어나와 이리저리 찾아보았으나 아이의 모습은 보이지 않았습니다.

아내가 있는 곳으로 뛰어갔습니다. 혹시 엄마한테 갔을 수 있다는 생각에 달려갔지만 없었습니다. 아이가 없어졌다는 말에 아내도 혼비백산하여 화장실 쪽으로 함께 달려가 흩어져서 각자 찾기 시작했습니다. 키가 어른들의 무릎 정도인 아들은 아무 데서도 보이지 않았습니다. 새카맣게 타들어 가던 그 순간, 아이의 울음소리가 들려왔습니다. 눈물 범벅 콧물 범벅 된 채로 "엄마, 엄마"를 외치는 그 작고 어린 아들이 울면서 기적처럼 눈앞에 나타났습니다. 그 짧았던 이별 끝에 아버지와 아들은, 엄마와 아들은 눈물겨운 상봉을 했습니다. 지금도 아찔했던 그때를 생각하면 가슴을 쓸어내리며 '고맙습니다, 고맙습니다!' 하며 속으로 감사의 기도를 올리곤 합니다.

그해 여름, 처형 가족과 울진의 불영 계곡으로 여름휴가를 갔을 때의 일입니다. 맑고 시원한 계곡에서 어른들은 은어용 어항을 놓고, 아이들은 얕은 계곡물에서 물장난치며 놀았습니다. 아이들 노는 모습에 본능적으로 눈길을 주며 살피고 있었는데, 뒤에서 놀고 있던 아들이 보이지 않았습니다. 가슴이 덜컹 내려앉고 쿵쿵 뛰었습니다.

그때 물 위로 아들 머리가 잠시 보였다가 다시 물속으로 잠겼습니다. 한달음에 쫓아갔습니다. 움푹 팬 물구덩이에서 아들을 건져 올렸습니다. 또다시 아들을 눈앞에서 잃을 뻔했던 아찔한 순간이었습니다. 그날, 아내의 심한 잔소리를 꾹 참고 들었던 기억이 다시금 생각납니다.

여자가 아기의 말랑한 뼈와 살을 통째로 안고
산후조리원 정문을 나온다 아직
아기의 호흡이 여자의 더운 숨에 그대로 붙어 있다
빈틈없는 둘 사이에 끼어든 사내가
검지로 아기의 손을 조심스럽게 건드려본다
아기의 잠든 손이 사내의 굵은 손가락을
가만히 움켜쥔다
– 김주대, 〈가족의 시작〉

세상에 모습을 드러낸 갓 난 아들이 신생아실에 또래 아기들과 잠들어 있을 때였습니다. 시골에서 오신 어머니를 모시고 아이 보러 갔던 그 날, 어머니는 신생아실 유리 창밖에서 그 많은 아기 사이에서 귀신처럼 당신의 손자를 손으로 가리켰습니다. 아무리 보아도 내 눈에는 비슷비슷하게 보이는 많은 아이 속에서 어머니는 "우리 손자 저기 있네" 하며 단번에 맞추셨습니다. 핏줄은 가슴으로 아시나 봅니다. 꼭 쥔 아기의 주먹에 제 손가락을 넣으면 잠결에도 가만히 움켜잡던 그 아이가 잘 자라 가정을 이루었고, 또 머지않아 자식을 본다고 합니다.

사람들 가슴에
텅텅 빈 바다 하나씩 있다

사람들 가슴에
길게 사무치는 노래 하나씩 있다
늙은 돌배나무 뒤틀어진 그림자 있다

사람들 가슴에
겁에 질린 얼굴 있다
충혈된 눈들 있다

사람들 가슴에
막다른 골목 날선 조선낫 하나씩 숨어 있다
파란 불꽃 하나씩 있다

사람들 가슴에
후두둑 가을비 뿌리는 대숲 하나씩 있다

– 김사인, 〈깊이 묻다〉

아직도 가슴 후비는 슬픔을 간직한 채 잃어버린 자식들을 찾아 온 산하를 헤매고 다니는 이 땅의 부모들이 생각납니다. 하루바삐 더는 이런 일이 없으면 좋겠습니다. 세상이 더 따뜻하고 밝으면 좋겠습니다. 모두가 부모 마음으로 예방하고 찾아 나서고 서로서로 위로하는 세상을 희망합니다.

# 사는 동안 더 사랑하기를

부모님과 너무 일찍 떨어져 살았습니다. 중학교에 다니기 시작하면서 나 혼자 객지 생활을 했습니다. 아직 부모님의 보살핌이 필요했던 시기에 홀로서기를 한 것입니다. 그래서인지 정이 그립고 늘 아쉬웠습니다.

학창시절을 보내고, 사회에 첫발을 내디디고, 결혼하고, 일가를 이루며 오늘에 이르기까지 혈육들과 너무 멀리 떨어져 살았습니다. 어머니는 늘 그런 막내아들이 마음에 걸리셨나 봅니다. 어머니가 신혼집에 오셔서 우리 부부와 한방에서 같이 잘 때였습니다. 잠깐 선잠 들었다가, 고부간에 두런두런 정겹게 나누는 얘기 소리에 잠이 깼습니다. 나는 눈을 뜨지 않고 계속 자는 척하며 두 사람의 대화에 귀를 기울였습니다.

어머니는 며느리에게 아주 오래된 이야기를 들려주고 계셨습니다. 스물에 시집와서 젊은 시어머니 밑에서 매운 시집살이하던 시절, 아버지랑 만주 땅 봉천에서 큰누나, 큰형 낳고 살던 얘기, 그 시절이 제일 좋았다는 말씀, 해방되어 두 달에 걸쳐 압록강 건너고 임진강 건너 서울에 당도하기까지의 힘들고 고통스러웠던 여정을 조곤조곤 풀어내고 계셨습니다.

어머니는 가끔 맞장구치는 며느리의 호응에 신이 나서 이야기를 계속 이어가셨습니다. 또다시 계속되는 시집살이, 6·25사변 때 있었던 가슴 아픈 사연과 몇 번이나 힘들어서 보따리를 쌌다가 주저앉은 이야기, 나를 지우려고 언덕에서 구르고 간장을 몇 종지나 마셨는데도 해산을 한 사연, 낳고 보니 달덩이처럼 잘생긴 아들에게 미안하고 고마웠다는 말씀……. 서로서로 가슴을 열고 마음 깊이 담아두었던 말들을 꺼내어 들려주시는 어머니의 말씀에 그만 나도 모르게 눈물이 찔끔 나왔습니다.

그렇게 어머니의 한 세월을 듣고 있던 아내도 한참 울었나 봅니다. 아내는 가끔 어머니에게 들었던 이야기 한 토막을 기억해내곤 마치 자신이 겪은 일인 것처럼 이야기하기도 합니다.

할아버지보다 먼저 아버지가 세상을 떠나셨고, 그 뒤를 이어 할아버지가 이승을 하직하셨습니다. 그리고 몇 년 뒤에는 또다시 어머니가 할머니보다 앞서가셨습니다. 할머니는 제일 나중에 아흔다섯의 나이로 이 세상과 이별하셨습니다.

우리 아버지 어머니는
중매결혼하여 자식들 낳았다
자식 밸 때마다 정말로 사랑했을까
자식 낳지 않을 때도
서로 더 사랑하기 위해
마음을 밀고 당기느라 큼, 큼, 거리며
품을 주었을까 등을 돌렸을까

우리 부부는
연애결혼하여 자식들 낳았다
자식 밸 때마다 정말로 사랑했다
자식 낳지 않을 때도
서로 더 사랑한다면서
마음을 밀고 당기느라 후, 후, 거리며
손을 맞잡기도 했다 발을 포개기도 했다

우리 아들은 중매결혼할까
우리 딸은 연애결혼할까
혼인 적령기에 접어들면서도
아직 배냇짓을 하며
어미하고 아비하고 깔깔, 깔깔, 거리면서
번갈아 마음을 밀고 당기는 아들 딸,

참사랑할 상대를 구하지 않는다
치사랑 내리사랑을 더 나누고 싶어서일까
– 하종오, 〈결혼의 가족사〉

눈도 못 맞추게 하시던 무서운 시어머니가
명주 베 보름새를 뚝딱 해치우시던 솜씨 좋은
시어머니가
팔십 넘어 치매가 왔습니다.
대소변을 가리지 못해
손발은 말할 것도 없고
방 벽에까지 그림을 그렸습니다.
대소변을 못 가리시면서 기저귀를 마다하시던
시어머니,
꼼짝없이 붙잡힌 나는
옛날에 한 시집살이가 모두 생각났는데,
시어머니가 나를 보고,
엄니, 엄니 제가 미안 허요, 용서해 주시오 잉.
공대를 하는 걸 보고 마음을 바꾸었습니다.
우리 시어머니 시집살이도
나만큼이나 매웠나 봅니다.
– 진효임, 〈치매 걸린 시어머니〉

돌아보면 세월은 무심히 빨리도 지나갑니다. 이제 다 고인이 되신 그분들이 생각납니다. 웃고 울고 마음 아파했던 한 세월이었나 봅니다. 애증의 한 세월 보내고 나면 모두 다 조그만 봉분 속으로 돌아갑니다.

사는 동안 더 사랑하고 싶습니다. 치사랑, 내리사랑.

# 그리운 어머니

둘째 형에게서 전화가 왔습니다. 어머니가 다쳐 병원에 입원하셨다는 전갈이었습니다. 부산 동래에는 큰누나, 작은누나, 둘째 형이 가까이 모여 살고 있어 농한기에 어머니는 부산에서 머물다 고향으로 돌아가시곤 했습니다. 한데, 잠시 머무시던 아들 집에서 큰딸 집으로 가려고 골목계단을 내려오다가 그만 길바닥에 넘어지셨다고 했습니다. 시간 내서 다녀가라는 당부도 있었습니다.

아버지가 돌아가신 뒤, 어머니는 오십 나이에 가장이 되셨습니다. 위로는 시부모에, 출가하지 않은 딸, 학교 다니는 아들 셋을 둔 만만치 않은 가장의 무게를 묵묵히 감당해내신 어머니. 자식들 교육하고 하나하나 짝도 지어주며 막중한 임무를 척척 완수해내신 당차고 든든한 어머니. 그런 어머니의 입원 소식은 내게 너무도 큰 충격이었습니다.

대퇴부 골절이라고 했습니다. 자식을 여섯이나 낳으신 어머니는 뼈가 약했습니다. 의사 말로는, 뼈가 금 가고 작은 조각으로 부서져 수술이 어렵다고 했습니다.

어머니는 병상에 누워 계셨습니다. 바쁜데 뭐하러 왔느냐며 희미하게 웃음을 지어 보이시던 어머니의 얼굴에 고통이 어려 있었습니다.

그날, 나는 병원에서 밤을 새웠습니다. 약 기운에 주무시는 어머니의 얼굴을 모처럼 가만히 바라보았습니다. 입 주변, 콧잔등, 눈 밑, 이마 등에 주름살이 깊게 자리 잡고 있었습니다. 그동안 세월을 잘 견디어내신 훈장이지만, 상처가 아물고 난 뒤의 흔적으로 보였습니다. 굵어진 손마디, 굳은살 박힌 어머니의 발도 그날따라 잘 보였습니다. 여태껏 눈여겨보지 않았던 어머니의 얼굴, 손과 발은 지나온 세월을 말없이 얘기하는 듯했습니다.

어머니는 한두 달 남짓 병원에서 지내다가 퇴원하셨습니다. 조금씩 걸을 수 있게 되고, 혼자 화장실도 다닐 수 있을 정도로 회복하셨다고 했습니다. 그 뒤로 나는 두어 차례 더 어머니를 뵙고 왔습니다. 추석 지나고 며칠이 지난 어느 날, 어머니는 먼저 가신 아버지 옆으로 영원한 거처를 마련하셨습니다. 일흔 넷 이승의 삶을 뒤로 한 채.

작은 발을 쥐고 발톱 깎아드린다
일흔다섯 해 전에 불었던 된바람은
내 어머니의 첫 울음소리 기억하리라

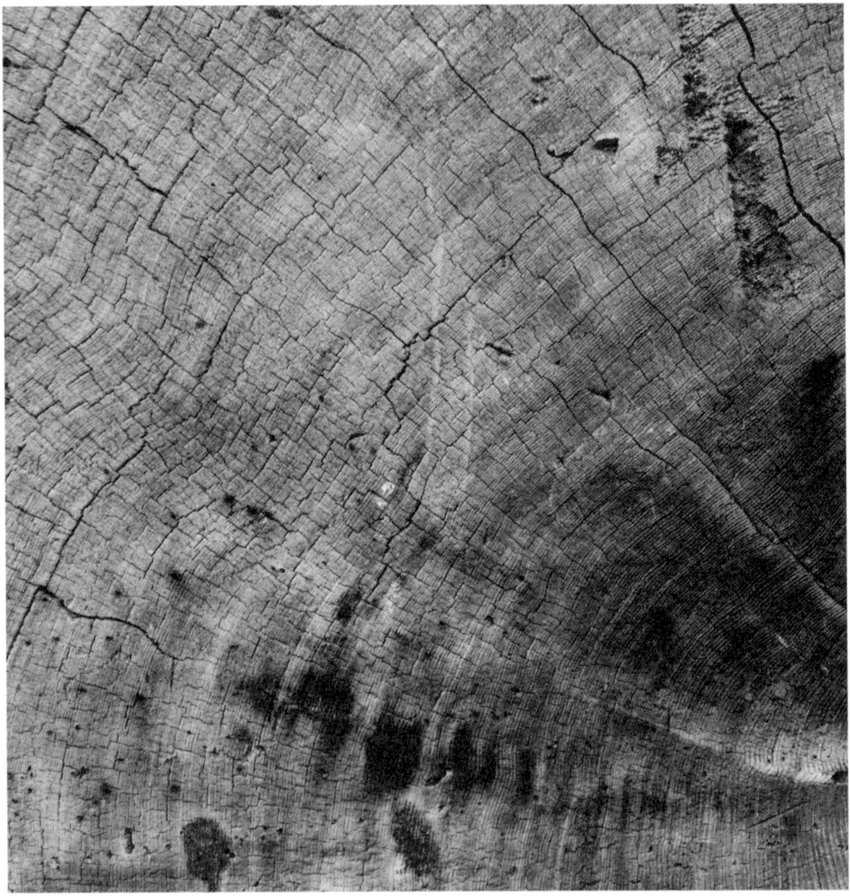

이웃집에서도 들었다는 뜨거운 울음소리

이 발로 아장아장
걸음마를 한 적이 있었단 말인가
이 발로 폴짝폴짝
고무줄놀이를 한 적이 있었단 말인가
뼈마디를 덮은 살가죽
쪼글쪼글하기가 가뭄못자리 같다
굳은살이 덮인 발바닥
딱딱하기가 거북이 등 같다

발톱 깎을 힘이 없는
늙은 어머니의 발톱을 깎아드린다
가만히 계셔요 어머니
잘못하면 다쳐요
어느날부터 말을 잃어버린 어머니
고개를 끄덕이다 내 머리카락을 만진다
나 역시 말을 잃고 가만히 있으니
한쪽 팔로 내 머리를 감싸안는다

맞닿은 창문이
온몸 흔들며 몸부림치는 날

어머니에게 안기어

일흔다섯 해 동안의 된바람 소리 듣는다

– 이승하, 〈늙은 어머니의 발톱을 깎아드리며〉

어머니의 발톱을 생전에 한 번도 깎아드리지 못했습니다. 그런 생각을 하다 보면, 아쉬움과 후회가 밀려옵니다. 어머니, 정말 죄송합니다! 아들 노릇 제대로 하지 못했습니다.

어머니,

문득 당신을 불러봅니다.

– 착하게 살지도 못했습니다.

– 떳떳이 살지도 못했습니다.

– 아름답게 살지도 못했습니다.

이제 보니

당신의 이름은 참회였습니다.

어머니,

남몰래 당신을 불러봅니다.

– 그처럼 빨리 가실 줄 몰랐습니다.

– 그처럼 그리울 줄 몰랐습니다.

– 그처럼 보고 싶을 줄도 몰랐습니다.

이제 보니

당신의 이름은 또 슬픔이었습니다.

시가 되지 않는 저녁,

가만히 창문을 열고 어두운 밤하늘을 바라다봅니다.

아득히 먼 지평선 너머에서 반짝이던 별 하나가

또르르 내려와 내 눈에 글썽입니다.

– 아가, 그만하면 잘했다. 잘했어.

울지 마라.

어머니는 허공의 별이 되어

그동안

날 지켜보고 계셨던 거였습니다.

– 오세영, 〈별〉

그만하기 다행이다. 괜찮다, 괜찮다 하시던 어머니 말씀. 주눅 들었던 마음에 햇살처럼 번져오던 그 말씀을 두 번 다시 영영 들을 수 없기에 가슴이 아픕니다.

# 숨긴 상처가 더 아프다

어린 시절에는 하루해가 참 길었습니다. 학교에서 일찍 집에 온 날은 특히 더 길었습니다. 그런 날에는 텅 빈 집에서 혼자 뒤란에 가보기도 하고, 한참 동안 마당을 서성이다 방에 들어가서는 걸어놓은 어머니의 치맛자락에 코를 대고 냄새를 맡아보곤 했습니다. 솔솔 묻어나는 어머니의 체취에 젖어 들었다가, 언제 오실까 기다리며 문밖을 내다보았습니다. 그 시절에는 시간이 참 더디게 흘러갔습니다.

한번은 어머니의 옷자락과 아버지의 옷에까지 코를 대고 그리움의 냄새를 맡다가 갑자기 궁금증이 일어 장롱 서랍을 열어보았습니다. 전에는 그냥 지나쳤는데, 그날따라 맨 밑바닥에 감춰진 누런 봉투 하나가 눈에 들어왔습니다. 봉투 속에는 약간 빛이 바랜 흑백사진 한 장이 들어 있었습니다. 군복 차림의 젊고 잘생긴 청년 사진이었습니다. 아버지는 아니었습니다. 분명 우리 가족을 닮기는 했는데, 누구인지 짐작할 수 없었습니다.

나중에 어머니께 사진 얘기를 꺼내며 여쭈어보았습니다. 어머니는 약간 놀라며, 6·25 때 돌아가신 삼촌이라고 말해주셨습니다. 아버지의 남동생은 한 분인 줄만 알고 있던 나는 그때 처음으로 또 다른 삼촌이 계셨음을 알게 되었습니다.

이름은 김용주. 잘생긴 얼굴에 키가 크고 무척 영민했다고 합니다. 다른 누구보다 어머니를 살갑고 따뜻하게 대해주었던 시동생이었다며 어머니는 한동안 생각에 잠겨 계셨습니다. 경북 영천의 낙동강 전투에서 전사했다는 통지서를 받던 날, 집안은 온통 눈물바다가 되었고 할머니는 몇 번이나 혼절하셨다고 합니다. 그날 이후 전사한 삼촌 얘기는 금기시되었다고 합니다.

지금도 생각납니다. 까닭 없이 자주 눈물짓곤 하시던 할머니. 술을 많이 드신 날, 먼저 간 아들이 생각나는지 공연히 아버지를 야단치고는 깊은 잠에 빠지시던 할아버지. 슬픔은 여러 형태로 가족 모두에게 간직되어왔던 것입니다. 그 당시 어느 집이나 전쟁의 참화를 체험했고, 뼈아픈 상처를 가슴에 하나씩 담고 계셨던 것입니다.

꽃잎 날리는 거리에서 구급차 소리로 온 아들 가슴에 묻고
이듬해 오월 그대는
삼십 년 동안 마당 울타리 가득했던 장미꽃 넝쿨을 베어
버렸다
꽃 피지 마라 울타리 가득 꽃이 핀 것도 부끄럽다
(중략)
그렇게 하루 이틀 통곡의 가시에 짓이겨진 가슴 움켜쥐고
그해는 그대가 아들을 보내고 올해는 내가 그대마저 보내네
억울타 억울타 산 것이 억울코 억울타 억울타 속은 이 생이 억울타
그대가 부른 병상의 만가 귓전에 생생하여
그해의 그대 마음 올해 내가 차마 알 것 같네
장롱 안의 두터운 옷가지 미리 태워버리고
넘기지 못할 겨울을 예감했을 사람아
지금은 그대 떠나고 다시 첫 오월
빈 집 울타리 사이사이로 다시 솟은 장미가 넝쿨째 떨고 있네
꽃 핀 것도 부끄럽다
더 이상 꽃피지 마라

– 최명란, 〈꽃 피지 마라〉 중에서

자식 앞세운 어미는 꽃 피고 새 우는 것도 싫었나 봅니다. 아름다운 것을 보아도, 맛있는 음식을 앞에 두고도 늘 가슴 한쪽이 비어 찬바람이 드나들었나 봅니다. 할머니 눈물의 의미를 그때는 잘 몰랐지만, 금

쪽같은 새끼를 잃은 할머니의 마음을 이제는 조금은 알 것 같습니다.

그해 피난가서 내가 너를 낳았고나
먹을 것도 없어 날감자나 깎아먹고
산후구완을 못해 부황이 들었단다
산지기집 봉당에 멍석 깔고
너는 내 옆에 누워 죽으라고 울었다
그해 여름 삼복의 산골
너의 형들은 난리의 뜻도 모르고
밤나무 그늘에 모여 공깃돌을 만지다가
공중을 날아가는 포성에 놀라
움막으로 쫓겨와서 나를 부를 때
우리 출이 어린 너의 두 귀를 부여안고
숨죽이며 울던 일이 생각이 난다
어느 날 네 아비는 빈 마을로 내려가서
인민군이 쏘아죽인 누렁이를 메고 왔다
언제나 사립문에서 꼬릴 내젓던
이제는 피에 젖어 늘어진 누렁이
우리 식구는 눈물로 그것을 끓여먹고
끝까지 살아서 좋은 세상 보고 가자며
말끝을 흐리던 늙은 네 아비
일본 구주로 돈벌러 가서

남의 땅 부두에서 등짐 지고 모은 품삯
돌아와 한밭보에 논마지기 장만하고
하루종일 축대쌓기를 낙으로 삼던 네 아비
아직도 근력좋게 잘 계시느냐
우리가 살던 지동댁 그 빈 집터에
앵두꽃은 피어서 흐드러지고
네가 태어난 산골에 봄이 왔구나
아이구 피난 피난 말도 말아라
대포소리 기관포소리 말도 말아라
우리 모자가 함께 흘린 그해의 땀방울들이
지금 이 나라의 산수유꽃으로 피어나서
그 향내 바람에 실려와 잠든 나를 깨우니
출아 출아 내 늬가 보고접어 못 견디겠다
행여나 자란 너를 만난다 한들
네가 이 어미를 몰라보면 어떻게 할꼬
무덤 속에서 어미 쓰노라

– 이동순, 〈서흥 김씨 내간內簡 – 아들에게〉

앞서간 우리의 할머니, 어머니들의 가슴속 깊은 사연을 들으면 굴곡진 한 시대의 아픔을 느낍니다. 그분들의 땀방울과 눈물이 모이고 모여 지금 꽃피우고 있습니다.

고맙습니다! 감사합니다! 할머니, 어머니, 할아버지, 아버지.

# 누가 뭐래도 너답게 살아가라

초등학교 다닐 때 아이들은 우리 형제들과 사촌들을 한눈에 알아차리곤 했습니다. 아버지가 새 학기마다 도시에서 만들어와 자식들과 조카들에게 달아주셨던 노란색 하트 모양의 이름표 때문이었습니다. 아버지는 겨울철이면 같은 색깔의 코르덴 천으로 교복을 만들어 입혀주곤 하셨는데, 그 덕분에 우리 형제와 사촌들은 유독 눈에 잘 띄었습니다. 아버지는 자식들과 조카들을 차별하지 않고 공평하게 보살펴주셨습니다.

대가족의 메끼 밥상을 차리는 일은 큰일이었습니다. 할아버지는 막내 손자와 겸상을, 할머니는 아버지와 한 상을, 일꾼 둘은 따로 밥상을,

그리고 나머지 식구들 모두는 큰 두레상에 둘러앉아 밥을 먹었습니다. 밥 때가 되면 이웃 분들은 신기하게도 그 시간에 맞춰 볼일을 보러 오곤 했습니다. 그러면 어머니는 얼른 상을 하나 더 차려냈고, 다 같이 식사를 했습니다.

집안 마당에 깊은 우물이 있었는데, 물맛이 좋다고 동네에 소문이 났습니다. 낮에 이웃들이 찾아와 우리 집 우물물을 길어가곤 했습니다. 그 시절, 우리는 그렇게 물도 나누어 먹고 밥도 나누어 먹었습니다. 할머니는 형편이 어려운 주위 분들에게 인심이 후하셨습니다. 쌀도 퍼주고, 된장도 듬뿍 퍼 담아주고, 간장도 나눠주셨습니다. 이런 모습을 보면서도 할아버지는 단 한 번도 잔소리하지 않으셨습니다.

그것을 보며 배운 어머니도 할머니만큼이나 손이 컸습니다. 늘 음식을 넉넉하게 장만해서 이웃집들에 즐겁게 나눠주곤 하셨습니다. 아버지는 어려운 친구나 친척분들의 보증도 앞뒤 생각 없이 섰다가 대신 채무를 갚아주는 일이 생겨서 할아버지께 꾸지람을 많이 들으셨습니다.

아버지가 돌아가시던 날, 막내 고모는 "너는 아버지처럼 살지 마라", "마음 단단히 먹고 살아야 한다", "한세상 기 펴고 살아가라"라고 말씀하시며 울먹였습니다. 사람 좋다는 소리 들으며 살다 보면 배고파지기 십상이고 자칫 손해만 보게 되는 세상을 원망했습니다. 그러나 "사람 구실 하며 살아라", "사람은 염치를 알아야 한다", "남의 가슴에 못 박지 말라"라는 어른들의 말씀이 늘 귓전에 맴돌았습니다.

밥값이 있을 때
밥을 얻어먹는 것과
밥값이 없을 때
밥을 얻어먹는 것은 다르다
많이 다르다
내가 큰 도시에 나와서 학교에 다니던 때
주말을 맞아 고향집에 가면
고향집의 마루에서
거지들이 밥상에 둘러앉아 밥을 먹고 있었다
어떤 때는
가정부만 있고
집주인은 없는데
거지들이 그러고들 있었다
아버지가
마을에 들어온 거지들을 불러서 밥을 주었다
아버지는 어떻게 알았을까
수십 년이 지난 뒤에
막둥이가 밥을 얻어먹는 것을

– 윤희상, 〈걸식〉

나는 아직도 직장에 다니며 밥벌이하고 있습니다. 남을 위해 조금 베풀어주신 그분들의 은덕이 나에게 대신 전해진 것 같아 오늘 문득 고

마운 생각이 듭니다.

아버지,
술 한 잔 걸치신 날이면
넌 나처럼 살지 마라

어머니,
파스 냄새 물씬한 귀갓길에
넌 나처럼 살지 마라

이 악물고 공부해라
좋은 사무실 취직해라
악착같이 돈 벌어라

악하지도 못한 당신께서
악도 남지 않은 휘청이는 몸으로
넌 나처럼 살지 마라 울먹이는 밤

내 가슴에 슬픔의 칼이 돋아날 때
나도 이렇게는 살고 싶지 않아요
(중략)
넌 나처럼 살지 마라, 그래요,

난 절대로 당신처럼 살지는 않을 거예요
자식이 부모조차 존경할 수 없는 세상을
제 새끼에게 나처럼 살지 말라고 말하는 세상을
난 결코 살아남지 않을 거예요

아버지, 당신은 나의 하늘이었어요
당신이 하루아침에 벼랑 끝에서 떠밀려
어린 내 가슴 바닥에 떨어지던 날
어머니, 내가 딛고 선 발밑도 무너져 버렸어요
그날, 내 가슴엔 영원히 사라지지 않는 공포가
영원히 지워지지 않을 상처가 새겨지고 말았어요
(중략)
아버지, 어머니,
돈이 없어도 당신은 여전히 나의 하늘입니다
당신이 잘못 산 게 아니잖아요
못 배웠어도, 힘이 없어도,
당신은 영원히 나의 하늘입니다

어머니, 아버지,
다시 한번 예전처럼 말해주세요
나는 없이 살아도 그렇게 살지 않았다고
나는 대학 안 나와도 그런 짓 하지 않았다고

어떤 경우에도 아닌 건 아니다
가슴 펴고 살아가라고

다시 한번 예전처럼 말해주세요
누가 뭐라 해도 너답게 살아가라고
너를 망치는 것들과 당당하게 싸워가라고
너는 엄마처럼 아빠처럼 부끄럽지 않게 살으라고
다시 한번 하늘처럼 말해주세요

– 박노해, 〈넌 나처럼 살지 마라〉 중에서

자식에게 "나처럼 살지 말라"라는 회한 어린 말을 하는 아비의 마음은 더욱더 아팠을 것입니다. 세상의 모든 부모는 "누가 뭐래도 너답게 살아가라", "아닌 것은 아니다", "가슴 펴고 부끄럽지 않게 세상을 살아가라"라고 자식들에게 조언하겠지요.

자식들에게 하늘 같았던 어머니, 아버지는 지금도 우리를 지켜보고 계시겠지요. 갈 길 제대로 가고 있는지…….

# 아버지의 외투

아들이 초등학교에 입학한 때부터 4학년 1학기까지 거의 매일 아침 손잡고 집을 나섰습니다. 운 좋게도 직장이 집과 가까워 아들의 등교를 도울 수 있었습니다. 학교 정문이 보이는 곳에서 서로 손 흔들고 웃으며 아들은 교문을 들어서고, 아비는 버스정류장으로 가서 버스를 타고 직장으로 출근하곤 했습니다.

같이 손잡고 걷다 보면 아들의 걱정이 손으로 전해지기도 하고, 얘기 속에서 그날그날의 기분을 눈치채기도 하는 소중한 시간이었습니다. 그러나 내 근무처가 바뀐 뒤로는 아들의 등굣길에 함께하는 소중한 아침 시간을 제대로 나누지 못했습니다. 아들도 차츰 커갔습니다.

아들과 함께 나란히 밤길을 걷다가 기도원 앞 다리께서 서로 눈이 맞아 달처럼 씨익 웃는다. 너의 이마에 맺힌 땀방울이 안쓰럽다거나 어느새 거칠어진 내 숨소리가 마음 쓰여서만은 아닐 게다. 아마 나란히 걷는 이 밤길이 언젠가 아스라이 멀어져갈 별빛과 이어져 있음을, 그리고 그 새벽에 차마 나누지 못할 서툰 작별의 말을 미리 웃음으로 삭히고 있다는 뜻일 게다. 아들과 나란히 밤길을 걸을 땐, 벙어리인 양, 서로 마주 보며, 많이 웃자.

– 이창기, 〈아들과 나란히 밤길을 걸을 땐〉

아들과 함께 나누었던 기억들이 아들에게는 어떤 모습으로 기억될지 알 수 없지만, 이별의 순간까지 서로 마주 보며 웃으며 살고 싶습니다.

내가 자란 고향 집은 초등학교가 가까이 있어서 좋았습니다. 교문을 향해 뜀박질하면 금세 닿을 정도로 가까운 거리였습니다. 교문을 나서서 집으로 뚜벅뚜벅 걸어오면 제일 먼저 누렁이가 반겨주었습니다. 녀석은 내 발소리를 귀신같이 알아차리고 대문을 뛰쳐나와 꼬리를 흔들며 두 발을 들고 안기곤 했습니다. 긴 혀로 얼굴을 핥기도 하고, 앞서 뛰다가 다시 돌아와서는 뒤를 졸졸 따라 집으로 들어섰습니다.

아버지는 늘 조심스럽고 어려웠습니다. 어릴 때 방안에서 놀다가도 아버지 오신다는 소리가 들리면 후다닥 놀이를 멈추곤 했습니다. 그러고는 큰 소리로 책을 읽거나 문제집을 꺼내 푸는 척했습니다. 아버지는 방문을 쓱 여시고, "공부하나?" 딱 한 말씀만 하셨습니다.

어느 추운 겨울날 밤, 외갓집에 갔습니다. 확실하지는 않지만, 외할아버지 기일이었던 것으로 기억합니다. 그날따라 아버지는 나랑 바로 위 셋째 형을 데리고 갔습니다. 사방이 고요했습니다. 달빛은 서늘하고 바람은 무척 차가웠습니다.

낮에 자주 다니던 길이었지만, 늦은 밤길은 멀고 무서웠습니다. 나와 형은 아버지 손을 꼭 잡고 무섭다고, 춥다고 칭얼거렸습니다. 아버지는 걸음을 멈추더니, 아무 말 없이 두꺼운 외투를 벗으셨습니다. 그러고는 양 겨드랑이에 저와 형을 감싼 뒤 외투를 걸친 채 다시 걸음을 옮기셨습니다. 뒤집어쓴 외투 속은 따뜻했습니다. 아버지의 품 안은 푸근했고, 무서움도 달아났습니다. 그날 밤, 아버지가 무척이나 좋았습니다.

어머님,
제 예닐곱 살 적 겨울은
목조 적산가옥 이층 다다미방의
벌거숭이 유리창 깨질 듯 울어대던 외풍 탓으로
한없이 추웠지요, 밤마다 나는 벌벌 떨면서
아버지 가랑이 사이로 발을 밀어 넣고
그 가슴팍에 벌레처럼 파고들어 얼굴을 묻은 채
겨우 잠이 들곤 했지요.

요즈음도 추운 밤이면
곁에서 잠든 아이들 이불깃을 덮어 주며

늘 그런 추억으로 마음이 아프고,
나를 품어 주던 그 가슴이 이제는 한 줌 뼛가루로 삭아
붉은 흙에 자취 없이 뒤섞여 있음을 생각하면
옛날처럼 나는 다시 아버지 곁에 눕고 싶습니다.

그런데 어머님,
오늘은 영하의 한강교를 지나면서 문득
나를 품에 안고 추위를 막아 주던
예닐곱 살 적 그 겨울밤의 아버지가
이승의 물로 화신(化身)해 있음을 보았습니다.
품안에 부드럽고 여린 물살을 무사히 흘러
바다로 가라고
꽝 꽝 얼어붙은 잔등으로 혹한을 막으며
하얗게 얼음으로 엎드려 있던 아버지,
아버지, 아버지…….

– 이수익, 〈결빙의 아버지〉

밤길을 함께 걸어갔던 그 날, 아버지의 품속은 참 따뜻했습니다. 그러나 자식들을 품고 추위를 가슴으로 막아냈던 그날 밤, 우리는 아버지의 고통은 알지 못했습니다.

# 누나 생각

가끔, 지금까지 별 탈 없이 잘살아왔다는 생각이 들 때가 있습니다. 순간순간 힘들고 고통스러운 시절이 있었지만 대체로 평탄하게 지내왔습니다. 특별히 내세울 만한 일도 없지만 손가락질받을 일도 없음이 참 다행스럽게 여겨집니다.

오늘의 삶이 있기까지 주변의 많은 분에게 도움을 받았습니다. 그분들처럼 나는 과연 그렇게 할 수 있었을까 반문해봅니다. 선뜻 그렇다는 대답이 나오지 않는 내면의 소리에 그분들의 은공을 다시금 깊이 마음에 새기게 됩니다.

여섯 형제 중 제일 맏이는 큰누나입니다. 막내인 나랑은 14년 터울이 집니다. 큰누나는 시집가기 전에 재봉기술을 배워 따뜻한 융(絨)으로 내 겨울 잠옷을 만들어주었습니다. 한데, 눈대중을 잘못했는지 너무 작아서 입지 못했던 기억이 납니다.

혼담이 오가고 택일도 정할 즈음, 밤에 큰누나랑 손잡고 신작로 자갈길을 걸어서 집으로 오는 길이었습니다. 달빛은 맑고 고요했습니다. 그때 나지막한 목소리로 큰누나는 노래를 불렀습니다.

산들바람이 산들 분다 / 달 밝은 가을밤에 / 달 밝은 가을밤에……
기러기 울어 예는 하늘 구만리 / 바람이 싸늘 불어 가을은 깊었네
아 아 너도 가고 나도 가야지……

누나의 노랫소리는 시집을 간 뒤에도 불쑥불쑥 내 귓전을 스쳐 지나가곤 했습니다.

큰누나가 시집가고 몇 년 뒤 마산으로 이사 가서 살 때입니다. 방 세 칸 좁은 집에 조카 둘, 시부모님, 시동생이 함께 생활했는데, 큰누나 믿고 마산으로 온 친정 동생 둘까지 비좁은 집에 얹혀 지냈습니다. 그런 열악한 상황에서 아침마다 도시락 챙기고 바삐 집안을 돌보면서도 좀처럼 화를 내는 모습을 보지 못했습니다.

큰 자형이 하는 일이 잘되어 이태 뒤 부산으로 이사 가는 바람에 형과 자취 생활을 시작했습니다. 서울에서 고등학교 다닐 때 큰 자형은 학교 앞에서 하숙하며 공부 잘하라고 매달 하숙비와 용돈을 주었습니다. 그 뒤로 대학 졸업 때까지 한 번도 빼놓지 않고 꼬박꼬박 막내처남

의 학업을 지원해준 자형의 도움이 없었다면 제대로 학교를 마치지 못했을 것입니다. 두 사람은 단순한 혈육을 넘어 나의 은인과도 같은 존재입니다. 그런데도 지금껏 제대로 보답해드리지 못했습니다. 반듯하게 잘 자랐고, 직장에서 높은 자리까지 오른 것만으로 뿌듯하다는 큰누나 내외는 지금도 부산에서 칠십 대 중반의 나이로 노년을 보냅니다.

누나의 손은 따뜻하다

천지에 흰 눈이 덮이던 날, 책 보따리를 허리에 두르고 꽁꽁 얼어서 집으로 돌아오면 동구 밖까지 나와서 기다리다가 눈 투성이 코흘리개의 손을 잡아주던 누나의 손은 따뜻했었다

공부를 한다고 호롱불 밑에서 코밑이 까맣게 그을려 졸고 있으면 사탕이며 과자 몇 개를 살며시 쥐어주던 누나의 손은 따뜻했었다

감나무 위에서 까치가 울던 누나가 시집가던 날 아침, 잠꾸러기의 머리맡에 종이돈 몇 장을 손수건에 싸서 놓아두고 이불을 여며주던 누나의 손은 따뜻했었다

이제는 장성한 딸을 시집보내는 누나의 장년

"먼 데서 뭐할라꼬 왔노?" 화들짝 놀라며 가방을 받아드는, 어느새 어머니를 빼닮은 누나의 손은 아직도 따뜻하다

– 유자효, 〈누나의 손〉

큰누나는 어머니를 쏙 빼닮았습니다. 그래서 더 정이 갔습니다. 나는 그런 큰누나의 등에 업혀 자랐고, 말도 배웠습니다. 온갖 뒷바라지를 받으며 자랐습니다. 그런 막냇동생이 아직도 큰누나의 눈에는 그 시절 그때의 천진난만한 동생으로 머물러 있으면 좋겠습니다.

이제는 돌아갈 수 없는 유년의 그 순간들이 자꾸만 생각납니다.

# 잃어버린 털스웨터

새해, 새봄을 기다리는 우리를 시샘하듯 한겨울의 칼바람이 매섭습니다. 한 해 한 해 시간이 갈수록 최근의 일보다는 예전의 기억이 오히려 더욱 또렷이 생각나곤 합니다. 좋았던 추억보다 조금은 아쉽고 가슴 아렸던 기억이 더욱 선명하게 떠오릅니다.

내 나이 열 살 무렵의 일로 기억합니다. 어린 시절, 설이나 추석 명절은 모처럼 새 옷을 얻어 입을 수 있는 흔치 않은 기회였습니다.

그해 설 무렵, 아버지는 털실을 사 오셨습니다. 대가족 뒷바라지로 늘 바쁘기만 한 어머니는 그 털실로 뜨개질 잘하는 이웃 동네아주머니에게 내 몸에 잘 맞는 스웨터를 만들어달라고 주문하셨습니다. 내 설

빔을 지어주기로 하신 거였습니다.

며칠이 지난 뒤, 다 짰다는 기별이 왔습니다. 털스웨터를 찾아오는 일은 당연히 내 몫이었습니다. 나는 한걸음에 이웃 마을로 달려갔습니다. 그 아주머니는 몸에 잘 맞는지 보려고 내게 털옷을 입혀보았습니다. 그러고는 그 옷을 고이 접어 손에 들려주었습니다. 나는 그 털스웨터를 옆구리에 꼭 낀 채 힘든 줄도 모르고 쉼 없이 집으로 달려왔습니다. 내 머릿속은 온통 따뜻하고 근사한 갈색 스웨터 생각뿐이었습니다.

숨을 헐떡이며 집에 들어서자마자, 나는 큰 소리로 엄마를 불렀습니다. 옷을 찾아왔다고 소리쳐 알렸습니다. 환하게 웃으며 밖으로 나온 어머니는 대체 옷이 어디 있느냐고 물으셨습니다. 깜짝 놀란 나는 주위를 두리번거렸습니다. 옆구리에 얌전히 있어야 할 스웨터가 보이지 않았습니다. 그 순간, 내 가슴이 쿵 하고 내려앉았습니다.

나는 숨을 고를 틈도 없이 다시 뛰어나갔습니다. 지나온 길을 샅샅이 살펴보았습니다. 하지만 그 어디에서도 털실 스웨터는 보이지 않았습니다. 사방에 어둑어둑 어둠이 내려앉고 있었습니다. 소중한 털스웨터를 잃어버렸다는 안타까움에 괴롭기만 했습니다. 내 실수로 잃어버리고 말았다는 자책감에 나도 모르게 울음이 터져 나왔습니다.

그해 설은 그렇게 지나갔습니다.

엄마는 엄마가 입던 스웨터를 풀어 누나와 내가 입을 옷을 짜네
나는 실패에 실을 감는 것을 보았네 나는 실패에서 실을 풀어내는
것을 보았네 엄마의 스웨터는 얼마나 크고 두터운지 풀어도 풀어도

그 끝이 없네 엄마는 엄마가 입던 스웨터를 풀어 누나와 나의 옷을 여러날에 걸쳐 짜네 봄까지 엄마는 엄마의 가슴을 헐어 누나와 나의 따뜻한 가슴을 짜네

– 문태준, 〈두터운 스웨터〉

우리 오남매는 명절을 제외하고 부모님 생신에 맞춰 봄 가을 두 차례 모여 식사를 했다. 그런데 지난해에는 큰 자형이 폐암을, 아내가 혈액암의 일종인 다발성 골수종을 선고받는 통에 못 모였다. 처음으로 맞는 가족의 불행이었다. 불행이 닥칠 것이라고 짐작이라도 했다는 듯 (어느 가족에게나 불행은 닥치게 되어 있지 않은가) 전쟁하듯 전열을 구축하고 투병과 간호에 전념했다. 동시에 공식적인 가족 모임은 당분간 갖지 않기로 결정했다. 부모님의 뜻이 그랬다: 아픈 사람 병원에 눕혀놓고 어떻게 음식이 목구멍으로 넘어가겠느냐. 그렇게 일 년이 흘렀다. 그동안 큰 자형은 고통스런 항암치료를 수차례 받고 고비를 넘겼고, 아내는 항암치료 뒤 골수 이식까지 했지만 안타깝게도 효과가 없었다. 그래도 우리 오남매는 아직 낙오한 사람이 없음을 다행으로 여기고 더 늦기 전에 다시 모이기로 했다. 우리 남매는 못 보는 새에도 공평하게 한 살씩 더 먹었고, 부모님은 천금 같은 한 살을 더 자셨다. 진해 시루봉이 올려다 보이는 '시루봉가든'에서 우리 남매는 오랜만에 부모님을 다시 모시고 맛있는 음식상을 받았다. 그리고 예전처럼 다시 웃었다. 가족들이 다시 모여 맛있는 음식을 함께 먹을 수 있게 됐다는 사실에 우리는 감사했다: 언젠

가 우리는 하나씩 가족과 영원한 이별을 할 것이다. 그러나 가족이란 세상에 있는 동안 세상이 나누어주는 음식을 함께 맛있게 나누어 먹는 사이. 모년 모월 모일 다시 모인 가족이 있었고 맛있는 음식이 있었다. 목련은 지고 있었고 벚꽃은 피고 있었다.

– 김승강, 〈가족〉

"가족이란 세상에 있는 동안 세상이 나누어주는 음식을 함께 맛있게 나누어 먹는 사이"라는 구절이 가슴에 와 닿습니다. 서로 함께 지내며, 함께 밥을 나눠 먹으며, 함께 웃고 함께 슬픔을 나누는 우리는 진짜 가족입니다.

아버지 어머니, 누나 형들과 오순도순 밥상머리에 모여 떡국을 먹던 그 시절이 시립도록 그립고 간절히 생각납니다.

# 평범함 속에 행복이

또다시 한 해가 저물어갑니다. 새삼 세월의 빠름을 느끼며 지나온 날들을 뒤돌아보고 있습니다.

한 보름 전, 가슴 조이는 시간을 보냈습니다. 늘 집안 잘 챙기고 한결같던 아내가 맥 빠진 얼굴과 목소리로 정기검진을 다녀왔는데, 유방암 정밀검사를 예약하고 왔다는 얘기를 남의 말 하듯 했습니다. 그 말을 듣는 순간, 가슴이 철렁하더니 머릿속이 하얘지는 것 같았습니다. 아내는 별일 아니고 단지 검사에 지나지 않을 테니 걱정하지 말라고 안심시키는 말을 했습니다. 하지만 내내 마음이 불안했습니다.

며칠 뒤 '권총검사법'이라는 방법으로 조직검사를 하고, 또다시 일주일 남짓 결과를 기다렸습니다. 그 사이, 집안은 언제 금 갈지 모르는 살

얼음판 같았고 조용했습니다.

검사 결과가 나오는 날, 예약 시간보다 조금 일찍 병원에 갔더니 아들과 집사람이 진료실 앞에 앉아 있는 모습이 보였습니다. 최대한 천천히, 일부러 태연한 척 걸어갔습니다. 내가 오는 것을 본 집사람은 살포시 미소를 지어 보였지만, 나를 본 아들은 고개를 숙이며 울먹였습니다. 그 순간, 가슴이 무너져 내리는 것 같았습니다.

천천히 가서 옆에 앉았습니다. 아내는 예정보다 빨리 의사와 면담했는데, 검사 결과 이상이 없다는 기쁜 소식을 전해주었습니다. 그 말을 듣자, 나도 모르게 눈물이 핑 돌았습니다. '감사합니다! 고맙습니다!' 속으로 외쳤습니다. 가슴속 먹구름이 걷히고, 다시 예전처럼 세상이 밝게 보였습니다. 건강의 소중함을, 특히 가족이 건강하다는 사실이 얼마나 귀하고 감사한 일인가를 뼈저리게 느꼈습니다.

어느 봄날
당신의 사랑으로
응달지던 내 뒤란에
햇빛이 들이치는 기쁨을
나는 보았습니다
어둠 속에서 사랑의 불가로
나를 가만히 불러내신 당신은
어둠을 건너온 자만이
만들 수 있는

밝고 환한 빛으로
내 앞에 서서
들꽃처럼 깨끗하게
웃었지요.
아,
생각만 해도
참
좋은
당신.

– 김용택, 〈참 좋은 당신〉

언젠가 신문에서 읽었던 칼럼이 생각납니다. 한 남자 고등학교를 졸업한 동기생들이 나이 쉰을 맞이한 기념으로 자체 설문조사를 했다고 합니다. 세 가지 조건을 내걸고, 이를 전부 충족시키는 동창이 몇이나 되는지 물었답니다.

첫째, 가족 중 지병이 있거나 사별·이별한 사람이 없을 것
둘째, 공부를 잘하든 못하든 아이들이 제 나이에 맞게 학교에 다니고 있을 것
셋째, 수입이 적든 많든 현재 하는 일이 있을 것

이 모두 당연하고 평범해 보이는 조건임에도 세 가지 조건을 모두 충족시킨 동기생들은 겨우 10%에 불과했다고 합니다. 세 가지 조건을 모

두 갖추었다면 정말 행복한 것이라고 다들 공감했습니다.

우리 주변에는 이 세 가지 조건 중 어느 하나의 조건 때문에 가슴 아파하는 사람이 많다는 사실에 또 한 번 놀랐습니다. 평범함 속에 행복이 숨어 있습니다.

가족 모두가 건강한 것이 크나큰 행복입니다. 공부를 잘하든 잘하지 못하든 온전한 정신과 건강한 몸으로 자녀들이 학교 잘 다니고 있음도 큰 행복입니다. 아직도 꼬박꼬박 제때 월급 주는 직장이 있음이 큰 행복입니다.

우리는 서로 없는 것 같이 살지만
서로 꽉 차게 살아
어쩌다 당신 모습 보이지 않으면
내 눈길은 여기저기
당신 모습 찾아 헤매입니다
강 건너 우리 밭가 감잎 사이
텃밭 옥수수잎 사이에
어른어른 호박꽃만 피어나도
내 가슴은 뛰고
바람에 꽃잎같이 설레입니다

우리는 날이면 날마다
얼굴 맞대고 살아도

당신이 보고 싶고
밤이면 밤마다 살 맞대고 잠들어도
이따금 손 더듬어 당신 손 찾아
내 가슴에 얹고
나는 안심하며 잠듭니다

내 곁에 늘 꽃 피는 당신
내 마음은 당신한테 머물러 쉬며
한 세월이 갑니다.

– 김용택, 〈우리는〉

올 연말, 나는 큰 행복을 느낍니다. 함께 정을 나눌 수 있는 동료가 있어 기쁘고, 좋은 직장에 다니고 있음에 감사하고, 내 곁에 건강하고 따뜻한 가족이 있음에 가슴 뿌듯합니다.

# 2 • 왜 걱정하십니까 •

봄이 오는 문턱에서
겨우내 쌓였던 마음속 먼지를
털어내면 좋겠습니다.
움츠린 가슴을 활짝 열고
새봄을 준비하면 좋겠습니다.
살아 있는 동안은 누구에게나
꽃피울 자리가 준비되어 있으니까요!

## 보리밟기, 마음 밟기

입춘이 지났습니다. 2월 11일이 정월 대보름, 얼었던 강물도 녹는다는 우수가 18일인 걸 보니 새봄이 우리 곁에 차츰 가까이 다가오고 있습니다.

초등학교 때, 겨울방학을 마치고 새 학년에 올라가기 전의 어중간한 시기인 2월의 포근한 날에 우리는 수업 대신 학교 근처의 논이나 밭으로 단체로 나가서 보리밟기를 하곤 했습니다. 그럴 때면 우리는 서로 손잡고 마냥 신나서 옆 친구와 수다를 떨며 자근자근 새순을 밟았습니다. 겨울을 이겨내고, 여리고 여리면서도 파릇파릇한 싹이 아직 덜 녹은 땅 위로 살포시 솟아오른 그 보리밭 위에는 우리들의 해맑은 웃음소리가 넘쳐났습니다.

보리밟기는 겨우내 언 땅 밑에서도 생명의 싹을 틔워낸 보리가 뿌리를 잘 내리게 하고, 동해도 막아줍니다. 웃자란 새싹을 밟아 땅 밑 틈새를 없애서 말라 죽지 않도록 예방하는 일석삼조의 보리밟기는 모두가 배고프고 어려웠던 보릿고개를 이겨내고 풍성한 수확을 위해 꼭 해야 하는 일이었습니다.

우리 마음도 때가 되면 '마음 밟기'를 해야 하지 않을까 생각해봅니다. 일이 제대로 잘되어갈 때 자신도 모르게 웃자라버리는 자만의 싹을, 하루하루 별 탈 없이 일상적인 생활이 되풀이될 때 무성히 솟아나는 무사안일의 싹을, 문제가 불거져야 비로소 정신을 차리는 어리석음의 잡초를 솎아내고 밟아 다스리는 시간인 마음 밟기를 말입니다.

보리밟기가 보리를 튼튼히 자라게 하듯 '마음 밟기'는 우리를 단련할 것입니다. 아무리 어려운 일을 만나도 쉽게 무너지지 않고 당당히 극복해내게 할 것입니다. 굳은 의지로 고통과 시련에 맞서 싸워 이겨내게 할 것입니다. 마음 밟기, 즉 마음의 담금질은 우리 삶을 더욱 단단하게 하고 견실하게 할 것입니다. 더욱 새롭게 할 것입니다.

문은 좀처럼 열리지 않았다
어둠이 찰지게 들어있는 방에서 꽃은
게으른 손목에 잡혀 나오지 못하고 있다
물이 스민 계절은 부풀고
어디에도 합류하지 못한 이력서 같은

천리향 나무 잎사귀 몇 장이
형광등 불빛에 말라 떨어지고 있다
손톱만한 잎사귀의 먼지를 닦아내면
바람이 지나간 흔적이 있다
목마름을 견디며 버틴 푸른 힘줄이 보인다
비정규직 자리에 새 흙을 끌어와 분갈이를 한다
온도가 상승하면서 나무에 물이 오르면
꽃잎 하나가 어둠을 빠져나와
봄의 이마에 붉은 웃음을 낙점하고 확대한다
살아있는 동안은
누구에게나 꽃피울 자리는 있다
(후략)

– 송지은, 〈피운다는 것은〉

봄이 오는 문턱에서 겨우내 쌓였던 마음속 먼지를 털어내면 좋겠습니다. 움츠린 가슴을 활짝 열고 새봄을 준비하면 좋겠습니다. 살아 있는 동안은 누구에게나 꽃피울 자리가 준비되어 있으니까요!

# 서로가 서로를 위로할 때

현충일이라 모처럼 집에서 뒹굴며 TV 채널을 이리저리 돌리다가 다큐멘터리 프로그램 두 편을 보았습니다. 한 편은 경북 영천 금호강 주변에서 어느 신부님이 운영하시는 자연 대안학교에 관한 다큐멘터리였고, 다른 한 편은 야생동물들의 생활을 생생히 취재한 다큐멘터리였습니다. 까치가 만들어놓은 둥지에서 나뭇가지를 몰래 훔쳐다가 자신의 둥지를 만드는 백로를 보면서 순백의 겉모습과 달리 감추어진 백로의 '검은 욕심'을 엿볼 수 있었습니다.

보금자리를 뺏기 위해 서로 악착스럽게 싸우는 백로와 왜가리의 사생결단의 몸싸움도 치열했습니다. 어미 왜가리가 물어다 주는 먹이를 먼저 먹기 위해 한날 태어난 새끼들은 매번 먹이 쟁탈전을 벌여야 했습니다.

먹이 경쟁에서 밀려난 새끼는 못 본 채 외면하는 어미의 냉정함 속에 점차 왜소해지고 힘이 빠져 둥지 밖으로 밀려나 땅으로 떨어졌습니다. 결국 그 새끼는 수리부엉이의 먹이가 되고 말았습니다. 다큐멘터리 영상을 보며 냉엄한 적자생존의 법칙을 새삼 느꼈습니다.

민지는 신체장애 3급입니다
순희는 지적장애 2급입니다
우리 반 다른 친구들은 모두 정상입니다

민지가 바지에 똥을 싸면
순희가 얼른, 화장실로 데려가
똥 덩어리를 치우고 닦아 줍니다

다른 친구들이 코를 막고
교실에서 킥킥 웃을 때

순희가 민지를 업고
가늘고 긴 – 복도를 걸어올 때

유리창 밖 살구나무가
얼른, 꽃향기를 뿌려줍니다

살구나무도 신체장애 1급입니다
따뜻한 햇볕과 바람이 달려와
꽃 피우는 걸 도와주었습니다
– 유금옥, 〈살구꽃 향기〉

세속적인 어른들의 세상과는 다른 아름다운 정경을 오랜만에 만났습니다. 늘 고정관념에서 사물을 보고 판단하며 사는 저 자신이 부끄러웠습니다.

서로가 서로를 위로한다는 건
얼마나 좋은 일이냐
위로하며 껴안으며
서로가 서로를 또닥거린다는 건
얼마나 아름다운 일이냐
비록 우리네 삶이
흔들리고 흔들리는 절망이래도
한줄기 사랑의 등불을
밝혀 든 밤의 안식은 또
얼마나 빛나는 보석이냐
우리가 때로
이 풍진 세상에 사노라면
폭포처럼 일어서는

기막힌 슬픔도 있고
억장 가슴 시퍼렇게
멍드는 치욕도 있지만
서로가 서로의 희망을 위해
기어이 무너지지 않는다는 건
얼마나 뿌듯한 일이냐
서로가 서로의 목숨을 위해
마침내 꺾이지 않는다는 건
얼마나 눈물겨운 일이냐

– 허형만, 〈파도〉

서로서로 위로하고 토닥이면 얼마나 좋을까요? 우리네 삶이 절망과 만나도, 기막힌 슬픔을 겪어도, 시퍼렇게 멍드는 치욕을 당해도 무너지지 않는다면 희망은 우리 곁에서 늘 숨 쉬고 마침내 꽃피우겠지요.

# 함께하는 삶

지난 7월에는 장대비로 온통 물난리가 났습니다. 그러더니, 8월 들어서는 밤낮없이 불볕더위가 계속되고 있습니다. 어제가 입추이고 오늘이 말복이니, 지긋지긋한 무더위도 차츰 물러갈 것입니다.

해마다 우리 가족은 나와 아내, 그리고 아들 녀석, 이렇게 세 식구가 함께 여름휴가를 다녀오곤 했습니다. 올해는 처음으로 우리 부부 둘이서만 설악산을 다녀왔습니다.

비선대, 흔들바위, 울산바위, 비룡폭포, 권금성 등을 올랐습니다. 숲길은 그런대로 시원했습니다. 그러나 그늘이 없는 길을 걸을 땐 무척이나 힘들었습니다. 비 오듯 땀을 흘렸습니다.

몸은 힘들었지만, 맑은 숲속 공기와 시원한 계곡 물소리, 빼어난 풍경

이 모든 괴로움을 보상해주는 듯했습니다. 비룡폭포를 지날 때였습니다. 숲속 길옆에 "소나무와 졸참나무가 서로 경쟁하며 잘 자라고 있어요"라고 적힌 작은 표지판이 보였습니다. 그곳은 비가 오면 곧잘 물에 잠기곤 하는 지역이라고 했습니다. 그런 터라, 나무들이 서로 경쟁하면서도 곧게 잘 자란다고 합니다. 처음에는 소나무가 많았는데, 시나브로 소나무가 줄고 졸참나무가 많아졌다고 합니다. 그 결과, 지금은 단위면적당 소나무 두 그루에 졸참나무 네 그루 정도의 분포를 보인답니다.

그러고 보니, 다른 숲과는 달리 그곳에는 소나무와 졸참나무가 울창했습니다. 실제로, 모든 나무가 쭉쭉 곧게 자라 무성한 잎들이 하늘을 거의 완벽하게 가리고 있었습니다.

끼리끼리 모여 자라는 곳의 등 굽은 소나무나 참나무들과는 한눈에 보기에도 확연히 달랐습니다. 식물들에도 경쟁이 성장에 커다란 자양분이 된다는 섭리를, 그러나 언젠가 경쟁에서 지면 그 자리를 반드시 내놓아야 한다는 자연의 이치를 그 숲에서 다시 한 번 느꼈습니다.

시인 신경림은 노래합니다.

> 나무를 길러본 사람만이 안다
> 반듯하게 잘 자란 나무는
> 제대로 열매를 맺지 못한다는 것을
> 너무 잘나고 큰 나무는
> 제 치레하느라 오히려
> 좋은 열매를 갖지 못한다는 것을

한군데쯤 부러졌거나 가지를 친 나무에
또는 못나고 볼품없이 자란 나무에
보다 실하고
단단한 열매가 맺힌다는 것을

나무를 길러본 사람만이 안다
우쭐대며 웃자란 나무는
이웃 나무가 자라는 것을 가로막는다는 것을
햇빛과 바람을 독차지해서
동무 나무가 꽃 피고 열매 맺는 것을
훼방한다는 것을
그래서 뽑거나
베어버릴 수밖에 없다는 것을
사람이 사는 일이 어찌 꼭 이와 같을까만
– 〈나무 1 – 지리산에서〉

돌아오는 길에 양구에 있는 박수근 기념미술관을 들렀습니다. 박완서 소설 「나목」의 실제 주인공이기도 한 그의 미술관은 참으로 소박하고 아담했습니다.

앙상한 나무 아래에서 등에 아기를 업고 하염없이 누군가를 기다리는 단발머리 소녀의 그림과 등을 보인 채 쭈그리고 앉아 있는 노인들 그림도 보았습니다. 머리에 광주리를 이고 가는 여인네의 그림도 전시

되어 있었습니다. 그의 작품 속에는 어렵고 힘들었던 시절을 보내면서도 자신에게 주어진 하루하루를 감사히 여기며 성실히 살아냈던 우리네 서민들의 삶이 애잔하게 녹아 있습니다.

박수근의 그림들은 그가 살아 있을 때보다 죽은 뒤에 더욱 큰 가치를 인정받고 있습니다. 그의 이름은 많은 사람의 기억 속에 영원히 살아 있을 것입니다. 그의 뛰어난 그림들은 언제나 보는 이의 가슴에 아련한 감동과 그리움을 안겨줍니다.

> 그 겨울 아침 함박눈 내려 쌓이던 골목
> 뒤돌아보며 바쁜 걸음
> 모퉁이 사라지시던 어머니.
> 박수근의 기름 장수 목판화 한 폭으로 살아서
> 오늘은 내 책상머리를 울고 가시네.
> 함박눈 아니라도 좋아라.
> 소나기 아니라도 좋아라.
> 흩날리는 꽃이파리 아니라도 좋아라.
> (중략)
> 어떤 모진 6·25로도 어떤 불행으로도
> 빼앗길 수 없었던 목숨 질긴 목숨
> 오늘은 서울 모래내에서 문산 가는 기차 소리를 들으며
> 내 책상머리 울고 가시네.
> – 이성부, 〈어머니〉 중에서

먹구름 뒤에 빛나는 태양이 있듯, 고난 뒤에는 기쁨이 있습니다. 때로 시련이 우리 삶을 고통으로 이끌지라도 그 시련을 꿋꿋이 이겨내고 난 뒤에는 크나큰 축복이 깃들 것입니다. 소나무처럼, 졸참나무처럼 함께하는 삶이 우리를 더욱 단단하게 하고 강하게 하리라는 진리를 깨닫는 소중한 시간이었습니다.

# 어느 여름날 밤

지난달 말부터 오락가락하는 장마가 연일 계속되고 있습니다. 한 해 강우량의 절반가량이 여름 장마철에 집중되다 보니, 정작 농사철에는 물이 귀할 때가 많았습니다.

어쩌다 가뭄이 들어 거북등처럼 땅이 갈라지면 마음도 바짝바짝 타들어 가곤 했습니다. 내가 기억하는 열한 살 무렵의 여름은 너무도 무더웠고 가물기만 했습니다.

벼가 한창 자라는 시기에 태양은 더욱 뜨겁게 내리쬐었습니다. 가뭄이 심해지면 논바닥이 정말로 거북등처럼 쩍쩍 갈라지곤 했습니다. 당시만 해도 물관리가 쉽지 않았던 시절이라 논에 물 대는 것이 그야말로 큰일이었습니다.

어느 날 밤, 주위가 어둑어둑해질 무렵이었습니다. 찌는 듯한 무더위가 비로소 한풀 꺾였을 때였습니다. 아버지는 논에 물을 대야 한다며 날 데리고 웅덩이가 있는 논으로 갔습니다. 논에 물을 대기 위해 파놓은 그 웅덩이는 낮에도 지레 겁먹고 피해가던 곳이라 무섭기만 했습니다. 비단 꽃뱀들이 무리 지어 돌 틈 사이로 똬리를 틀고 있는 것을 그 웅덩이 부근에서 종종 보곤 했기 때문입니다. 그날 밤, 웅덩이는 달빛에 더욱 아름답게 반짝거렸습니다.

아버지와 나는 웅덩이를 사이에 두고 서로 마주 보고 섰습니다. 그런 다음, 네 귀퉁이를 끈으로 묶은 양철통으로 달빛 머금은 물을 한참 동안 말없이 퍼 올렸습니다. 온몸에서 땀이 비 오듯 솟고 무척이나 힘이 들었지만, 아버지가 그만하자고 하실 때까지 꾹 참고 계속 물을 퍼 올려야 했습니다. 그날 밤의 그 기억이 아직도 엊그제 일처럼 생생하기만 합니다.

아버지는 왜 그날 밤 내 손을 이끌고 논 웅덩이에 갔는지, 왜 그곳에서 밤이 깊도록 힘들게 물을 퍼 올리게 했는지 이미 고인이 되신 당신의 깊은 속내는 알 수가 없습니다. 아마도 고된 노동을 통해 내게 소중한 가치를 일깨워주려 하셨던 게 아닌가 짐작할 따름입니다. 인간의 먹을거리를 생산하는 농사일이 예삿일이 아니라는 것을 가르쳐주고 싶었고 날마다 밥상에 당연하다는 듯 올라오는 그 쌀밥이 사실은 당신과 다른 농부들이 셀 수 없이 흘린 소중한 땀방울의 귀한 결실이라는 것을 내 몸으로 직접 깨우치게 할 요량으로 그리하신 게 아닐까 생각해봅니다.

벼는 서로 어우러져
기대고 산다.
햇살 따가워질수록
깊이 익어 스스로를 아끼고
이웃들에게 저를 맡긴다.

서로가 서로의 몸을 묶어
더 튼튼해진 백성들을 보아라.
죄도 없이 죄지어서 더욱 불타는
마음들을 보아라. 벼가 춤출 때,
벼는 소리 없이 떠나간다.

벼는 가을 하늘에도
서러운 눈 씻어 맑게 다스릴 줄 알고
바람 한 점에도
제 몸의 노여움을 덮는다.
저의 가슴도 더운 줄을 안다.

벼가 떠나가며 바치는
이 넓디넓은 사랑,
쓰러지고 쓰러지고 다시 일어서서 드리는
이 피묻은 그리움,

이 넉넉한 힘…….

– 이성부, 〈벼〉

이 세상에 쉬운 일은 없다는 것. 보기에는 대수롭지 않아 보여도 만만한 일이 없다는 것. 그러나 도전해보지 않고 포기해서는 절대로 안 된다는 것. 실패를 두려워해서도 안 된다는 것. 수많은 실패를 경험하고, 그 실패에서 삶의 이치를 배워야만 비로소 값진 성공의 기쁨을 누릴 수 있다는 것. 그런 평범한 진리를 돌에 글자를 새기듯 가슴 한복판에 새기며 마음을 다잡아봅니다.

늘 가까운 이들과 서로 기쁨을 나누며 살아가고 싶습니다.

# 설렁탕 한 그릇

지난 주말, 화제의 TV 프로그램 〈남자의 자격〉 '청춘합창단' 편을 뒤늦게 몰아서 보았습니다.

칠순이 넘었지만 "해는 지는 노을이 가장 아름답다"라며 노을처럼 남은 생을 노래하며 살겠다는 할머니, 하늘나라에 먼저 간 남편에게 슬픔을 이기고 잘살고 있음을 보여주고 싶어 나왔다는 중년의 아주머니도 합창단원에 뽑혔습니다. 젊은 시절 힘들게 일할 때 성악 공부하는 학생들의 노래를 귀동냥하며 언젠가는 푸른 원피스를 입고 꼭 한번 노래하고 싶었다는 오십 대 중반의 도배공 아주머니, 간과 콩팥을 이식받고 담즙 주머니를 차고 나와서 청아한 목소리로 성가를 부르던 내 또래 중년 남자도 단원으로 선정되었습니다. 한 분 한 분의 사연과 노래는 가슴을 먹먹하게 하고 자꾸 눈물샘을 건드렸습니다. 진솔한 이야기는 늘 감동으로 다가옵니다.

탤런트 이승기가 주연했던 드라마 〈찬란한 유산〉의 한 장면도 잊을 수 없습니다. 설렁탕을 한 그릇만 주문한 집에 그가 투덜대며 배달 간 곳은 다가구 연립주택의 지하 단칸방이었습니다. 햇볕도 잘 들지 않아 냄새나는 방에는 힘들게 살아온 모습이 역력한 주름진 얼굴의 깡마른 노인이 기다리고 있었습니다. 그 노인은 아파 누워 있는 할머니가 설렁탕을 먹고 싶어 해서 한 그릇만 시켰다며 미안한 얼굴로 꼬깃꼬깃한 천 원짜리 몇 장을 주머니에서 꺼냈습니다. 음식값이 모자라자, 노인은 비닐장판을 들춰 천 원짜리 지폐 몇 장을 더 꺼내 마저 계산을 끝냈습니다. 노인의 그 모습에서 나는 말할 수 없는 슬픔을 느꼈습니다.

> 지난 여름이었습니다 가세가 기울어 갈 곳이 없어진 어머니를 고향 이모님 댁에 모셔다드릴 때의 일입니다 어머니는 차 시간도 있고 하니까 요기를 하고 가자시며 고깃국을 먹으러 가자고 하셨습니다 어머니는 한평생 중이염을 앓아 고기만 드시면 귀에서 고름이 나오곤 했습니다 그런 어머니가 나를 위해 고깃국을 먹으러 가자고 하시는 마음을 읽자 어머니 이마의 주름살이 더 깊게 보였습니다 설렁탕집에 들어가 물수건으로 이마에 흐르는 땀을 닦았습니다
>
> "더울 때일수록 고기를 먹어야 더위를 안 먹는다 고기를 먹어야 하는데…… 고깃국물이라도 되게 먹어둬라"

설렁탕에 다대기를 풀어 한 댓 숟가락 국물을 떠먹었을 때였습니다 어머니가 주인아저씨를 불렀습니다 주인아저씨는 뭐 잘못된 게 있나 싶었던지 고개를 앞으로 빼고 의아해하며 다가왔습니다 어머니는 설렁탕에 소금을 너무 많이 풀어 짜서 그런다며 국물을 더 달라고 했습니다 주인 아저씨는 흔쾌히 국물을 더 갖다주었습니다 어머니는 주인 아저씨가 안 보고 있다 싶어지자 내 투가리에 국물을 부어주셨습니다 나는 당황하여 주인아저씨를 흘금거리며 국물을 더 받았습니다 주인아저씨는 넌지시 우리 모자의 행동을 보고 애써 시선을 외면해주는 게 역력했습니다 나는 국물을 그만 따르시라고 내 투가리로 어머니 투가리를 툭, 부딪쳤습니다 순간 투가리가 부딪히며 내는 소리가 왜 그렇게 서럽게 들리던지 나는 울컥 치받치는 감정을 억제하려고 설렁탕에 만 밥과 깍두기를 마구 씹어댔습니다 그러자 주인 아저씨는 우리 모자가 미안한 마음 안 느끼게 조심, 다가와 성냥갑만 한 깍두기 한 접시를 놓고 돌아서는 거였습니다 일순, 나는 참고 있던 눈물을 찔끔 흘리고 말았습니다 나는 얼른 이마에 흐른 땀을 훔쳐내려 눈물을 땀인 양 만들어놓고 나서, 아주 천천히 물수건으로 눈동자에서 난 땀을 씻어냈습니다 그러면서 속으로 중얼거렸습니다

눈물은 왜 짠가

– 함민복, 〈눈물은 왜 짠가〉

무더운 여름입니다. 눈에서 자꾸 땀이 납니다.

# 이삭줍기

이제, 밤이 되면 풀벌레 소리가 제법 크게 들립니다. 아침저녁 바람결에도 찬기가 느껴집니다. 초가을입니다.

지난 일요일에 나는 청계산을 올랐습니다. 계곡의 물소리가 청량하기만 했습니다. 숲속 오솔길이 상쾌함을 더해주었습니다. 참으로 기분 좋은 산행이었습니다.

아직 단풍의 전령은 서울 인근의 산에 도착하지 않았습니다. 그러나 머지않아 설악산에서 시작된 단풍의 물결이 마치 소중한 벗이 멀리서 보낸 편지처럼 이곳에도 전해질 것입니다. 단풍이 찾아들면, 가을의 그 산길을 다시 한 번 걸어보고 싶습니다.

산을 오르다 보면 누구나 느끼겠지만, 정상으로 향하는 길은 평탄하지 않습니다. 가파른 오르막도 있고, 곳곳에 암벽도 있습니다. 숨이 차고 땀이 절로 납니다. 그러나 그 어려움을 겪어내야만 우리는 비로소 정상에 오를 수 있습니다.

등산은 누구에게나 평범한 삶의 진리를 조용히 일깨워줍니다. 산은 높고 가팔라서 산을 오르는 사람들에게 적지 않은 고통을 안겨줍니다. 그러나 사람들은 그 고통과 어려움에도 아랑곳하지 않고 쉼 없이 산을 찾습니다.

매봉에서 올려다본 가을 하늘은 거울처럼 맑고 눈이 부시게 푸르렀습니다.

어린 시절, 한창 가을걷이할 때가 돌아오면 내가 다닌 농촌의 초등학교는 한 이틀씩 임시방학을 내주곤 했습니다. 그즈음에는 고양이 손도 빌려야 한다고 할 정도로 한창 일손이 달릴 때라 부족한 일손을 돕고 자연스럽게 수확의 의미를 체험하게 하려는 뜻에서 실시하는 농번기 방학인 셈이었습니다. 벼 베기를 끝낸 논에서 이삭을 주워오는 '이삭줍기 숙제'도 농번기 방학 일정에 포함되어 있었습니다.

열심히 추수를 끝낸 논에서 부지런히 벼 이삭을 주워 모아도 벼 한 되(약 1.8리터)를 다 채우지 못했습니다. 그럴 때면, 애써 추수한 벼로 채워 학교로 가지고 갔던 기억이 납니다. 선생님은 그 벼들을 모아 형편이 어려운 학우에게 전해주셨습니다.

땀 흘려 가꾼 곡식 한 톨도 귀하게 여기는 가난했던 시절, 그러나 서로 기꺼이 나눌 줄 아는 정이 있던 시절이었습니다. 온 가족이 벼 베는 날 논바닥에서 모락모락 김이 나는 하얀 쌀밥에 갓 버무린 김치랑 맛있는 반찬으로 수확의 기쁨을 함께했던 그 가을 들녘의 풍경이 엊그제 일인 듯 생생히 되살아납니다.

> 집 밖을 나섰습니다. 검은 아스팔트 위에 노랗게 펴 말린 볍씨들이 가지런합니다. 햇살에선 오래된 볏짚 냄새가 풍기고 마을은 이제 편하게 쉬고 있습니다. 참 오랜만의 휴식입니다. 이런 날은 길이 어려운 것이 아닙니다. 발소리를 죽이며 걷는 이 길, 걸음을 옮길 때마다 발밑에선 볍씨들이 소곤거리는 소리가 들립니다. 누런 볍씨 속에 들어 있는 흰쌀, 영혼들. 나는 문득 저 길의 끝, 일년 내내 못물에 발목을 적시며 준비한 정갈한 저녁밥상을 떠올립니다. 텅 빈 무논 한가운데 흰 백로가 허리를 구부려 마음자락에 떨어진 이삭 하나를 줍습니다. 이 역시 소담하게 차려진 한 그릇의 쌀밥입니다. 그림자를 길게 펼쳐놓고 출출한 햇살 한줄기가 볍씨 하나하나를 오랫동안 어루만집니다. 나는 무릎을 짚고 일어나 널어놓은 볍씨를 가래로 몰아 챙깁니다. 곧 이슬이 내릴 시간, 볍씨들은 노란 껍질을 여미고 하루 종일 데운 제 몸으로 저녁의 입구를 향해 걸어 들어갈 준비를 하고 있습니다. 대숲을 향해 새떼의 고삐를 쥐고 가는 노곤한 서녘 하늘은 텅 비어 어둡고 이슥토록 노을 한자락은 허기진 산을 채 넘지 못해, 너머엔 아직 길이 환합니다.
>
> – 고영민, 〈볍씨 말리는 길〉

집 앞 신작로에 멍석을 깔아 그 위에 나락을 정성껏 널어서 말렸습니다. 갈 길 바쁜 햇볕에 때맞춰 몸을 내놓을 수 있도록 이따금 한 번씩 가래로 나락을 이리저리 저어주곤 했습니다. 누구의 식탁에 오를 따뜻한 쌀밥 한 그릇 될 나락은 참으로 소중했습니다. 이런 풍경을 다시 한 번 보고 싶습니다.

# 정상에 도달하면 내려와야 한다

푸르고 무성하던 여름날 거리의 플라타너스 나뭇잎들이 이제는 앙상한 가지에 드문드문 남아 있습니다. 보도에는 바람에 떨어진 잎들이 이리저리 나뒹굴고 있습니다. 쓸쓸함을 넘어 스산한 느낌마저 드는 계절입니다.

지난여름, 짬을 내서 백담사를 찾았습니다. 만해 마을을 지나 10여 리를 버스를 타고 가서, 또 10여 리를 걸어가야 백담사 경내에 당도할 수 있었습니다. 계곡에는 눈이 시리도록 맑은 물이 흘러내렸고, 하늘은 더없이 높고 푸르렀습니다.

백담계곡에 오면
만해의 물소리가 들린다
설악이 안개, 구름을 모았다가
눈, 비를 모았다가
햇빛으로 달빛으로 별빛으로
씻고 씻어서 흘러내린
물소리가 들린다
(중략)
기미년 이 나라 들어 올리던 만세 소리
"님의 침묵"이 깨치는 산빛 소리
뎅그렁 뎅그렁
설악을 흔들며 흐른다
(후략)

– 이근배, 〈만해백담萬海百潭〉 중에서

백담사 경내에는 많은 시비(詩碑)가 여기저기 세워져 있었습니다. 한시(漢詩)가 새겨진 여러 개의 시비 중 유독 한글로 새겨진 시비가 눈에 띄었습니다.

내려갈 때 보았네
올라갈 때 보지 못한
그 꽃*

고은 시인의 시였습니다. 그 자리에 한동안 가만히 서 있었습니다. 지나간 뒤에, 모두 다 떠나간 뒤에 아쉬워하고 가슴을 치고 후회하는 것이 우리들의 삶인가 봅니다. 그저 생각 없이 걸어온 지난날들을 반성합니다.

정상에 도달하면 반드시 내려와야 합니다. 그 자리에 영구히 머물 수 없습니다. 그 누구도 예외가 없습니다. 그래서 늘 겸손한 자세로 걸어가야 합니다. 혼자서 가는 길은 힘들고 외롭습니다. 함께 가는 길은 든든하고 즐겁습니다. 행복한 여정은 스스로 만들어가는 것입니다.

이제는 주변도 살피고 숨어 있는 조그마한 것에도 눈길을 주고 싶습니다. 서로 배려하고 존중하며 함께 즐겁게 살아가는 것이 말처럼 쉬운 일이 아님을 잘 알지만, 그래도 그런 길을 걸어가고 싶습니다.

*무제無題, 『순간의 꽃』

## 틈을 가진 사람이 꽃을 피운다

어느새 11월입니다.

지난 두어 달 동안은 예상하지 못했던 일들이 생겨 애태우는 시간이 많았습니다. 평탄한 길을 무심코 가다가 돌부리에 걸려 어이없이 넘어져 낭패를 보았던 기억처럼 평소 부주의했던 자신을 탓하며 힘든 날들을 보냈습니다.

살다 보면 정도 차이는 있겠지만, 이런저런 걱정과 고민거리들로 속태우는 날이 많을 것입니다. 1년 전에 자신이 무엇을 고민했는지 기억하고 있는가를 1,000명에게 물어보았더니, 금방 답하는 사람이 아무도 없었다고 합니다. 전에 읽었던 『3초 만에 행복해지는 명언테라피』라는 책에서 읽은 내용입니다. 지금 처절하게 고민하는 일도 세월이 지나면 거짓말처럼 사라진다고 합니다.

얼마 전에 아내가 가톨릭 문화학교에 갔다가 들른 성물 방에서 사왔다며 집안에 액자를 하나 걸어놓았습니다.

왜 걱정하십니까?

인생의 날수를 당신이 결정할 수는 없지만
그러나 인생의 넓이와 깊이는 당신 마음대로 결정할 수 있습니다.

얼굴 모습을 당신이 결정할 수는 없지만
그러나 당신 얼굴의 표정은 당신 마음대로 결정할 수 있습니다.

그날의 날씨를 당신이 결정할 수는 없지만
그러나 당신 영혼의 날씨는 당신 마음대로 결정할 수 있습니다.

당신 자신의 힘으로 결정할 수 있는 일들을 감당하기도 바쁜데
당신이 결정할 수 없는 일들로 인해 걱정하고 있습니까?

어쩔 수 없이 안고 있는 걱정들을 훌훌 떨쳐버리고 남은 인생의 날수 동안은 더 많이 웃고 즐겁고 기쁘게 살아야겠다고 다짐해봅니다.

암벽 틈에 나무가 자라고 있다. 풀꽃도 피어 있다.

틈이 생명줄이다.

틈이 생명을 낳고 생명을 기른다.

틈이 생긴 구석.

사람들은 그걸 보이지 않으려 안간힘 쓴다.

하지만 그것은 누군가에게 팔을 벌리는 것.

언제든 안을 준비 돼 있다고

자기 가슴 한 쪽을 비워놓은 것.

틈은 아름다운 허점.

틈을 가진 사람만이 사랑을 낳고 사랑을 기른다.

꽃이 피는 곳.

빈곳이 걸어 나온다.

상처의 자리. 상처에 살이 차 오른 자리.

헤아릴 수 없는 쓸쓸함 오래 응시하던 눈빛이 자라는 곳.

– 배한봉, 〈빈곳〉

언젠가 깨진 바위틈에서 피어난 이름 모를 들꽃을 보고 기쁘게 놀란 적이 있습니다. 도저히 생명의 싹을 틔울 수 없을 것만 같은 그 자리에 어디선가 날아온 흙이 시나브로 쌓이고, 들꽃 씨앗도 떨어져 싹을 틔운 듯했습니다. 그 위에 이따금 한 번씩 비가 내리고 바람이 불며 그 식물을 키워 마침내 아름다운 꽃을 피운 듯했습니다.

그러고 보면 세상의 모든 아름다운 것들, 가치 있는 것들은 '틈'에서 생겨나는 것인지도 모르겠습니다. 깨진 바위 틈새에 떨어져 싹을 틔우고, 잎과 줄기를 키우고, 마침내 예쁜 꽃을 피운 그 식물처럼, 물건과 물건의 틈, 사람과 사람의 틈에서 모든 찬란하고 향기로운 것들이 피어나는 것인지도 모르겠습니다.

'틈'을 다른 말로 바꾸면 '사이'입니다. '관계'라고도 하죠. 인간의 모든 삶은 사람과 사람 사이, 즉 관계에서 이루어집니다. 그 밀도 있는 관계 속에서 싹을 틔우고, 잎과 줄기를 키우고, 꽃을 피우고 열매를 맺습니다.

젊어서는 빈틈없는 사람이 되고자 무던히도 애를 썼습니다. 일을 해도 빈틈없이 마무리하려 노력했고, 다른 사람과의 관계에서도 책잡히지 않으려, 말과 행동에 틈을 보이지 않으려 애를 썼습니다.

그러나 한 해 두 해 시간이 가고 나이가 들어갈수록 '틈이 없는 삶'이 아름다운 삶이 아니란 걸 깨닫게 됩니다. 생각에, 삶에, 관계에 적당히 틈을 남겨두고 조금은 헐겁게, 조금은 여유롭게 사는 삶이 오히려 찬란하고 향기로운 삶이란 걸 깨닫게 됩니다.

틈을 가진 사람만이, 자기 가슴 한쪽을 비워놓은 사람만이 사랑의 싹을 틔우고 사랑의 꽃을 피웁니다. 이제, 틈을 보이며 살겠습니다.

# 가진 것이 적으면 적은 대로

12월 들어서기 무섭게 많은 눈이 내린 뒤로 날씨가 무척 추워졌습니다. 누구나 어릴 적에 눈이 내리면 강아지마냥 즐거워 이리저리 뛰어다니고, 눈싸움도 하고, 친구들과 눈사람도 만들곤 했던 추억들을 간직하고 있을 것입니다.

그러나 세월이 가면서 마음에도 때가 묻어 순수함을 잃고 다음 날 출근길 걱정, 빙판길 염려하는 무감각한 현실주의자가 되나 봅니다.

지난 월요일, 《서울신문》 만평에 세월에 찌든 마음을 한순간 환하게 하는 안도현 시인의 〈우리가 눈발이라면〉이라는 제목의 시와 삽화가 실렸습니다.

우리가 눈발이라면
허공에서 쭈빗쭈빗 흩날리는
진눈깨비는 되지 말자
세상이 바람 불고 춥고 어둡다 해도
사람이 사는 마을
가장 낮은 곳으로
따뜻한 함박눈이 되어 내리자
우리가 눈발이라면
잠 못 든 이의 창문가에서는
편지가 되고
그이의 깊고 붉은 상처 위에 돋는
새 살이 되자

— 안도현, 〈우리가 눈발이라면〉

올해도 이제 스무날 남짓 남았습니다. 미련과 아쉬움을 가져다주는 세밑이 되면 이런저런 모임이 많지만, 봉사하는 기쁨과 이웃과 사랑을 나누는 기회를 가져보면 좋겠습니다.

연탄장수 아저씨와 그의 두 딸이 리어카를 끌고 왔다.
아빠, 이 집은 백 장이지? 금방이겠다, 머.
아직 소녀티를 못 벗은 그 아이들이 연탄을 날라다 쌓고 있다.
아빠처럼 얼굴에 껌정칠도 한 채 명랑하게 일을 하고 있다.

내가 딸을 낳으면 이 얘기를 해 주리라.

니들은 두 장씩 날러

연탄장수 아저씨가 네 장씩 나르며 얘기했다.

– 김영승, 〈반성 100〉

참 정겹고 따뜻했습니다. 가진 것이 적으면 적은 대로 서로를 위하며 즐겁게 일하고 서로 돕고 나누며 살아가는 것이 세상 사는 이치일 것으로 생각했습니다. 올겨울, 나눔의 체험을 통해 새로운 희망의 싹을 옮겨 심어보겠습니다.

## 밤하늘을 수놓고 사라지는 별똥별처럼

해마다 이맘때면 버릇처럼 지난날들이 생각나고, 그리운 얼굴들이 문득문득 보고 싶어집니다. 추진했던 일들이 바라는 대로 잘 풀리지 않아 마음속 깊이 실망과 분노가 한바탕 휘젓고 지나가면서 생채기를 남긴 한해였습니다.

그러나 냉정하게 뒤돌아보면 저 자신의 노력이 부족했고 믿음이 모자랐음을 알았습니다.

> 우리는 어디로 갔다가 어디서 돌아왔느냐 자기의 꼬리를 물고 뱅뱅 돌았을 뿐이다 대낮보다 찬란한 태양도 궤도를 이탈하지 못한다 태양보다 냉철한 뭇별들도 궤도를 이탈하지 못하므로 가는 곳만 가고

> 아는 것만 알 뿐이다 집도 절도 죽도 밥도 다 떨어져 빈 몸으로 돌아왔을 때 나는 보았다 단 한 번 궤도를 이탈함으로써 두번 다시 궤도에 진입하지 못할지라도 캄캄한 하늘에 획을 긋는 별, 그 똥, 짧지만, 그래도 획을 그을 수 있는, 포기한 자 그래서 이탈한 자가 문득 자유롭다는 것을
>
> – 김중식, 〈이탈한 자가 문득〉

짧지만, 순간 반짝 빛나는 불꼬리를 어두운 밤하늘에 수놓고 이내 사라지는 별똥별처럼 늘 일상의 반복을 어느 한순간 멋지게 뒤집는 자신만의 열정을 꼭 한번 불태우리라 마음을 고쳐먹습니다.

실패를 두려워하지 않고 자신의 온 힘을 분출하며 일에 몰두하는 모습은 주변에 아름다운 불꽃으로 각인되리라 믿습니다. 넘어지고 또 넘어져도 굳세게 일어서서 앞으로 걸어가겠습니다. 획을 그을 수 있도록 다시 직진…….

> 삶에서 '간절'이 빠져나간 뒤
> 사내는 갑자기 늙기 시작하였다
>
> 활어가 품은 알같이 우글거리던
> 그 많던 '간절'을 누가 다 먹어치웠나
>
> '간절'이 빠져나간 뒤

몸 쉬 달아오르지 않는다

달아오르지 않으므로 절실하지 않고
절실하지 않으므로 지성을 다할 수 없다

여생을 나무토막처럼 살 수는 없는 일
사내는 '간절'을 찾아 나선다

공같이 튀는 탄력을 다시 살아야 한다
– 이재무, 〈간절〉

그동안 간절함을, 절실함을 잊고 지냈습니다. 열정을 지우고 살았습니다. 남은 생을 허송세월로 보낼 수는 없습니다. 예전처럼 다시 간절함을 되찾아서 통통 튀는 공처럼 하루하루를 새롭게 시작하고자 마음을 고쳐먹습니다. 누가 뭐라고 해도 타인의 시선에 아랑곳하지 않고, 다시, 시작.

# 설날 무렵

어린 시절, 내가 자란 시골에는 설이나 추석 같은 명절이면 군(郡)이나 면(面)마다, 혹은 마을마다 제각각 치르는 독특한 행사나 풍습 같은 것이 있었습니다. 그중에서 지금도 기억나는 추억으로 '정초 목욕하기' 행사가 있었습니다. 그 시절, 설 대목 무렵이면 동네 사람들 누구 할 것 없이 목욕탕에 목욕하러 가는 것이 큰 행사였습니다. 한 해 동안 쌓인 묵은 때를 말끔히 씻어내고 정갈한 몸으로 새해를 맞이하기 위해서였습니다.

대목을 맞은 그 시절 그 무렵의 읍내 목욕탕은 매번 시장에라도 온 듯 발 디딜 틈 없이 북적였고 왁자지껄 요란스러웠습니다. 나는 시끌벅적한 목욕탕 한구석에 앉아 탕 속의 뜨거운 물로 몸만 끼얹곤 했습니다. 허면, 아버지는 당신이 쓰던 이태리타월을 물에 씻어낸 뒤 비누를 벅벅 문질러 내 살갗이 벌겋게 될 정도로 정갈하게 몸을 씻어주시곤 했습니다. 그 시절, 온몸에 땀을 흘리며 힘들여 내 몸을 정성껏 닦아주시던 다정다감한 아버지. 그 아버지가 생각나고 콧등이 시큰해질 정도로 그리워집니다.

아버지는 단 한 번도 아들을 데리고 목욕탕엘 가지 않았다
여덟살 무렵까지 나는 할 수 없이
누이들과 함께 어머니 손을 잡고 여탕엘 들어가야 했다
누가 물으면 어머니가 미리 일러준 대로
다섯살이라고 거짓말을 하곤 했는데
언젠가 한번은 입속에 준비해둔 다섯살 대신
일곱살이 튀어나와 곤욕을 치르기도 하였다
나이보다 실하게 여물었구나, 누가 고추를 만지기라도 하면
잔뜩 성이 나서 물속으로 텀벙 뛰어들던 목욕탕
어머니를 따라갈 수 없으리만치 커버린 뒤론
함께 와서 서로 등을 밀어주는 부자들을
은근히 부러운 눈으로 바라보곤 하였다
그때마다 혼자서 원망했고, 좀더 철이 들어서는
돈이 무서워서 목욕탕도 가지 않는 걸 거라고
아무렇게나 함부로 비난했던 아버지
등짝에 살이 시커멓게 죽은 지게자국을 본 건

당신이 쓰러지고 난 뒤의 일이다
의식을 잃고 쓰러져 병원까지 실려온 뒤의 일이다
그렇게 밀어드리고 싶었지만, 부끄러워서 차마
자식에게도 보여줄 수 없었던 등
해 지면 달 지고, 달 지면 해를 지고 걸어온 길 끝
적막하디적막한 등짝에 낙인처럼 찍혀 지워지지 않는 지게자국
아버지는 병원 욕실에 업혀 들어와서야 비로소
자식의 소원 하나를 들어주신 것이었다

– 손택수, 〈아버지의 등을 밀며〉

찬바람이 날을 세우는 이른 아침
방금 목욕을 마친 두 할머니가
힘겹게 목욕탕 문을 밀치며 나온다
두 분 중 연세가 조금 덜 들어 보이는
할머니가 허리춤에서 휴대폰을 꺼내더니
가쁜 숨을 몰아쉬며 어디론가 전화를 한다
아마 남편에게 하는 듯

보소 오소

단 두 마디, 참 간단한 통화다

잠시 뒤 도착한 할아버지가
가랑잎처럼 가벼운 할머니를
타고 온 오토바이 뒤에 앉히면서 한마디 한다
어무이, 안 추운교? 목도리 꼭 하이소
그러더니 호주머니에서 노끈을 꺼내
할머니와 자신을 꽁꽁 묶는다
그 가녀린 노끈이 무슨 힘이 있겠냐마는
먼 옛날, 자신이 어머니의 뱃속에서
탯줄 하나로 생명의 줄을 연결하였듯이
지금은 힘없는 노끈 하나에
늙은 어머니와 늙은 아들이 연결된다

질긴 모자의 정이 소통되고 있는
아름다운 아침

– 최승헌, 〈아름다운 아침〉

돌아가신 부모님이 사무치게 그리워지는 날입니다. 아버지, 어머니가 아직 건강하게 살아계시면 얼마나 좋을까, 혼자 조용히 생각해봅니다. 그래서 이번 설 연휴에 그 시절 그때처럼, 동네 목욕탕에 모시고 가서 온몸에 흠뻑 땀이 나도록 시원하게 때를 밀어드릴 수 있다면 얼마나 좋을까, 가만히 불가능한 소망을 품어봅니다.

모락모락 김이 피어오르는 탕 속에 마주 앉아 아버지와 서로 얼굴을 마주 보며, 오랫동안 다정한 눈길을 주고받으며 즐겁게 웃을 수 있으면 참 좋겠습니다.

# 3 • 어둠은 잠시, 새날은 눈부시다 •

그래도, 다시 일어서기를
마음속으로 빕니다.
한 번 넘어지고 또 넘어져
그 상처가 깊고 아파도
이 악물고 다시 일어나
앞으로 걸어가기를 빕니다.
세상은 그래도, 그대에게
길을 내어 줄 것이라고 믿어봅니다.
어둠은 잠시이고,
새날은 눈부십니다.

## 어머니는 강하다

아들이 걸음마를 배우기 시작하고 사물에 대한 호기심이 많아지자, 우리 부부는 아들의 눈높이에 있는 위험한 물건들을 치우기에 바빴습니다. 걸핏하면 손에 잡히는 물건들을 당겨서 바닥에 떨어뜨리곤 했기 때문입니다. 유리병이나 컵, 화분, 가위, 사진틀 등에 다칠 염려가 있어서 늘 조심스러웠습니다.

아이를 키우는 아버지가 된 뒤로 나는 아이가 다칠까 봐 늘 걱정이 많았습니다. 어린 시절 크고 작게 다치거나 주위 사람이 다치는 것을 보고 자란 경험에서 비롯된 걱정이 아닌가 싶습니다. 둘째 형은 콧등 아래에 작은 흉터가 지금도 선명하게 남아 있습니다. 돌 지난 지 얼마 안 된 어릴 적 방안에서 놀다가 놋쇠화로 바깥 테두리에 부딪혀 미간 아래 콧등을 다쳐 생긴 흉터입니다.

어느 날, 아내는 침통한 얼굴로 친구의 어린 딸이 아파트에서 떨어져 죽었다는 슬픈 소식을 전해 주었습니다. 항상 밝고 잘 웃던 아내의 친구, 함께 자주 식사도 하며 가까이 지내던 사이라 많이 놀랐고 충격이 컸습니다. 딸아이가 낮잠 든 사이, 잠시 가까운 슈퍼에 들렀다가 바삐 집으로 오는 길이었다고 합니다. 아파트 입구에 사람들이 모여 있어 처음에는 무슨 일인가 하던 아내 친구는 딸아이가 베란다 창문에서 떨어졌다는 사실을 그제야 알았다고 합니다. 깜박 잠들었던 아이는 깨어보니 엄마가 없어서 집안 여기저기를 찾아다닌 듯했습니다. 그러다가 베란다로 나가 창을 열고 바깥을 보며 엄마가 오는지 내다보았을 터이고, 몸을 내밀고 아래를 보는 순간 중심을 잃고 떨어진 것 같다며 아내는 울먹였습니다.

그 후 아내의 친구는 멀리 이사했고, 몇 년 동안 아이를 갖지 못했습니다. 늘 죄인처럼 지내다가 이 땅을 떠나 호주로 이민하였습니다. 시간이 많이 지난 뒤에야 그녀는 가까스로 슬픔을 극복하고 아들을 낳아 잘 지내고 있다는 소식을 들었습니다.

이런 얘기를 들었어. 엄마가 깜박 잠이 든 사이 아기는 어떻게 올라갔는지 난간 위에서 놀고 있었대. 난간 밖은 허공이었지. 잠에서 깨어난 엄마는 난간의 아기를 보고 얼마나 놀랐는지 이름을 부르려 해도 입이 떨어지지 않았어. 아가, 조금만, 조금만 기다려. 엄마는 숨을 죽이며 아기에게로 한 걸음 한 걸음 다가갔어. 그러고는 온몸의 힘을 모아 아기를 끌어안았어. 그런데 아기를 향해 내뻗은 두 손에 잡힌 것은 허공 한 줌뿐이었지. 순간 엄마는 숨이 그만 멎어버렸어. 다행히도 아기는 난간 이쪽으로 굴러 떨어졌지. 아기가 울자 죽은 엄마는 꿈에서 깬 듯 아기를 안고 병원으로 달렸어. 아기를 살려야 한다는 생각 말고는 아무 생각도 할 수 없었지. 얼마 지나지 않아 아기는 울음을 그치고 잠이 들었어. 죽은 엄마는 아기를 안고 집으로 돌아와 아랫목에 뉘었어. 아기를 토닥거리면서 곁에 누운 엄마는 그 후로 다시는 깨어나지 못했지. 죽은 엄마는 그제서야 마음 놓고 죽을 수 있었던 거야.

이건 그냥 만들어낸 얘기가 아닐지 몰라. 버스를 타고 돌아오면서 나는 비어 있는 손바닥을 가만히 내려다보았어. 텅 비어 있을 때에도 그것은 꽉 차 있곤 했지. 수없이 손을 쥐었다 폈다 하면서 그날 밤 참으로 많은 걸 놓아주었어. 허공 한 줌까지도 허공에 돌려주려는 듯 말야.

– 나희덕, 〈허공 한 줌〉

그날의 안타까운 순간이 눈으로 본 것처럼 생생히 되살아납니다. 창문 쪽으로는 책상, 의자, 발돋움할 만한 물건도 모두 치웠습니다. 베란다 창문은 늘 잠가놓고, 아이 혼자 나가지 않도록 살피곤 했습니다. 사고는 한순간 찾아오고, 그 후유증은 씻을 수 없는 아픔과 상처로 남는

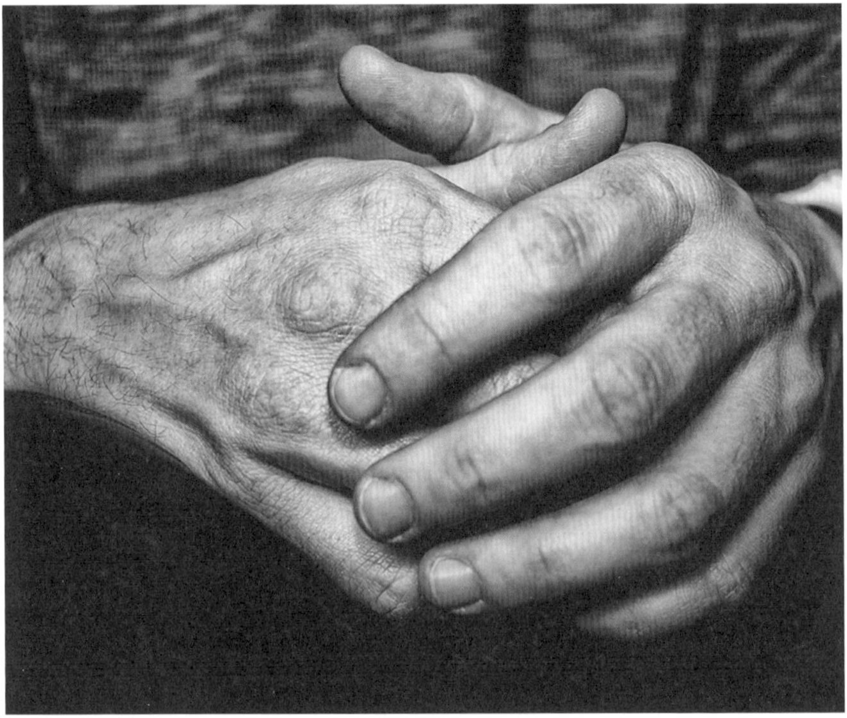

다는 걸 늘 깊이 새겼습니다.

군대 간 아들이 보고 싶다고
자다 말고 우는 아내를 보며
저런 게 엄마구나 짐작한다
허리가 아프다며 침 맞고 온 날
화장실에 주저앉아 아이 실내화를 빠는 저 여자
봄날 벚꽃보다 어지럽던
내 애인은 어디로 가고
돌아선 등만 기억나는 엄마가 저기 있나

– 전윤호, 〈샘〉

아버지, 읍내 나오시면 하굣길 늦은 오후 덕순루 데려가 당신은 보통, 아들은 곱빼기 짜장면 함께 먹습니다 짜장면 먹은 뒤 나란히 오후 6시 7분 출발하는 전북여객 시외버스 타고 집에 옵니다

배부른 중학생, 고개 쑥 빼고 검은 학생모자 꾹 눌러써봅니다

어머니, 읍내 나오시면 시장통 국숫집 데려가 나는 먹었다며 아들 국수 곱빼기 시켜줍니다 국수 먹인 뒤 어머니, 아들에게 전북여객 타고 가라며 정거장으로 밀어냅니다 당신은 걸어가겠답니다

심술난 중학생, 돌맹이 툭툭 차며 어머니 뒤따라 집에 옵니다

– 고광현, 〈정읍 장날〉

고광헌 시인의 〈정읍 장날〉이라는 시는 아버지와 어머니의 차이를 재미있게, 그러면서도 정확하게 설명해줍니다. 이 땅의 모든 어머니는 강합니다, 그 누구보다도.

## 사랑이 있더라

봄을 시샘하는 추위가 한 열흘간 계속되더니, 오늘은 따스한 햇볕이 사무실을 가득 채우고 있습니다. 이 따사로운 봄볕이 언 땅을 녹이고, 새싹을 움트게 하고, 새 생명을 자라게 할 것입니다.

지난주에 있었던 일입니다. 사무실 옆 건물 전깃줄에 앉은 몇 마리 비둘기를 보며 여럿이 웅성거리고 있었습니다. 뭔가 궁금해 가까이 있는 사람에게 물어보았습니다. 그의 말로는, 비둘기 한 마리가 줄 사이에 발이 끼어 날아가지 못하고 있는데 다른 비둘기들이 날아와 잠시 앉았다 날아가기를 반복하며 먹이를 물어다 주고 있다는 것이었습니다. 그 광경이 하도 신기해서 시간 가는 줄 모른 채 보고 있는 것이었습니다.

그 사이, 어떤 분이 비둘기를 구해주어야 한다며 119로 전화 신고를 했습니다. 돌아오는 길에 보니 그 비둘기는 보이지 않았습니다.

이와 비슷한 이야기가 생각납니다. 1968년 올림픽을 준비하던 동경에서 운동장 확장공사를 위해 지은 지 3년 된 집의 지붕을 걷어내다 지붕 밑에서 꼬리가 못에 박힌 도마뱀 한 마리를 발견했습니다. 공사 감독관은 3년 동안이나 꼼짝도 못 했을 도마뱀이 어떻게 살아 있는지 무척 궁금하여 잠시 공사를 중단하고 조사해보도록 했습니다. 한데, 놀랍게도 다른 도마뱀이 주기적으로 먹이를 날라다 주더라는 것입니다.

남미 안데스 고원지대 호수에서 주로 서식하는 플라밍고는 평균 20년을 삽니다. 녀석은 제 짝을 만나 짝짓기를 하면 한눈팔지 않고 평생 함께 지냅니다. 그러다가 짝이 죽으면 죽을 때까지 홀로 살아간다고 합니다.

140년 전 어느 추운 겨울날, 영국 사우스웨일스 지방에서 한 여인이 갓 난 아들을 안고 가다 느닷없이 몰아친 눈보라 속에서 길을 잃었습니다. 그녀는 추위와 배고픔을 참으며 헤매다 아기를 안은 채 정신을 잃고 말았습니다.

몇 시간 후, 마을 사람들이 여인의 시신을 발견했습니다. 죽은 여인은 거의 속옷 차림이었습니다. 그녀의 옷가지는 아기의 몸을 돌돌 감싸고 있었습니다. 놀랍게도, 아기는 아직 살아 숨 쉬고 있었습니다.

어머니의 품속에서 기적적으로 살아난 이 아기가 바로 제1차 세계대전이 끝나갈 무렵 영국을 이끌었던 데이비드 로이드 조지(David Lloyd George, 1863~1945) 전 총리입니다.

누군가를
보듬고 있다는 것은 행복한 일이다
나무의 뿌리를 감싸고 있는
흙이 그렇고
작은 풀잎을 위해 바람막이가 되어 준
나무가 그렇고
텃밭의 상추를 둘러싸고 있는
울타리가 그렇다

남을 위해
내 마음을 조금 내어 준 나도
참으로 행복하다

어머니는 늘
이런 행복이 제일이라고
하셨다

– 노원호, 〈행복한 일〉

동물들도 사랑을 간직하고 있습니다. 그 사랑은 일시적이거나, 계산적이거나, 이기적이지 않습니다. 동물들도 위기에 처한 동료를 위해 제 한 몸 돌보지 않고 뛰어들 줄 압니다. 그런 숭고한 자기희생을 동물들도 마다치 않습니다. 문득, 다시 한번 나 자신을 되돌아봅니다. 결과가 만족스럽지 않을 때 노력이 부족하지는 않았는지 반성합니다. 자신이 처해 있는 현실 탓으로, 때로는 남 탓으로 돌리며 변명하지 않았는지 돌아봅니다. 정작 희생이 필요할 때 진흙탕 속이라도 과감히 뛰어들지 못하고 애써 외면한 채 '마른 땅'만 찾지 않았는지 돌이켜봅니다.

생명의 봄날, 이제 남을 위해 내 마음도 조금 내어주겠습니다.

# 누렁이의 가출

어릴 적 우리 집에서는 검은 고양이, 진돗개 사촌인 누렁이, 토끼, 염소, 토종닭, 암소, 돼지들을 키웠습니다. 고양이는 방에서 가족들과 함께 생활했고, 누렁이는 마루 밑에서 지냈습니다. 마당은 암탉과 수탉의 놀이터였고, 암소는 마구간에서 되새김질하며 살을 찌웠습니다.

고양이는 살아 있는 장난감이었습니다. 가끔 솔방울을 실로 묶어 고양이 꼬리에 매달아 놓으면 녀석은 솔방울을 잡으려고 방안을 뱅뱅 맴돌았습니다. 그 모습을 보고 우리는 손뼉 치며 즐거워했습니다. 누렁이는 듬직했습니다. 오래 함께 생활하다 보니 친구가 되었습니다. 학교 운동장에서 같이 뜀박질도 하고, 누가 잘 달리나 시합도 하면서 정이 많이 들었습니다. 우리 가족들 모두의 발소리를 기억하고 냄새도 잘 맡았습니다. 가족 중 누군가가 멀리서 오는 기척이 있으면 누렁이는 귀를 쫑긋 세우고는 급히 뛰어나가 제일 먼저 반갑게 맞이하곤 했습니다. 가슴높이 앞발을 들고 꼬리를 흔들며 애정을 표시하곤 했습니다.

그런 누렁이도 나이가 들었습니다. 전보다 활력이 떨어진 것을 가족 모두 느낄 수 있었습니다. 저녁을 먹을 때로 기억합니다. 할머니는 다음 장날에 누렁이를 내다 파는 것은 어떨지 제안하셨고, 식구들과 의견을 나누었습니다. 마루 밑에 있던 누렁이가 그 이야기를 들었나 봅니다. 여느 때와 달리 울음 섞인 소리를 내고 있었습니다.

다음 날 아침, 누렁이가 보이지 않았습니다. 예전처럼 어딜 쏘다니다 들어올 줄 알았던 누렁이는 오전 내내 집으로 돌아오지 않았습니다. 식구들이 누렁이를 찾아 나섰습니다. 멀리서 집주변을 살피고 있던 누렁이를 발견하고 간신히 달래서 집으로 데리고 왔습니다. 어린아이 다루듯 쓰다듬어주면서 "함께 살자, 같이 살자"라며 달랬습니다. 풀 죽었던 누렁이는 다시 예전의 모습으로 돌아왔습니다.

모여서 피는 꽃들,

재잘대며 날아오르는 새들,

꼼짝 않는 바위들과

더불어 자라는 나무들이

도란도란 이야기를 나누며 삽니다.

비가 오면 비 이야기

바람 불면 바람 이야기
날이 새면 오늘 이야기

그들이 나누는 이야기에
무슨 의미가 깊겠어요.
그러나,
그러나,
그러나,
언젠가 나는 그게 궁금해서
그들의 말을 엿듣다가
그만 깜짝 놀란 적이 있었지요.
그들도 사람들의 이야기를
엿들을지 모른다는 느낌 말이에요.

얼굴이 화끈거렸습니다.
인간이 주고받는 말에는
(물론 진실도 담겨 있지만)
거짓이 숨어 있다는 것을
나는 알고 있기에.

– 김형영, 〈인간의 말에는〉

누렁이의 짧은 가출소동으로 짐승들도 인간의 말을 알아듣는다는 것을 알았습니다. 늘 말조심하며 살아야 한다는 의미를 새삼 깨닫게 된 소중한 계기였습니다. “인간이 주고받는 말에는 거짓이 숨어 있다”라는 구절에 가슴이 뜨끔합니다. 앞으로 더욱 조심하며 살겠습니다.

# 지리산 둘레길

한동안 지루한 우기가 계속되더니, 다시 불볕더위가 한창이었습니다. 그리고 오늘은 또다시 비가 오고 있습니다. 지난주에 나는 아내와 함께 지리산 둘레 길을 다녀왔습니다.

지리산 둘레 길은 800리나 되지만, 아직은 180여 리(약 70Km) 길만 열려 있습니다. 남원 운봉~주천 구간(14.3Km), 인월~운봉 구간(9.4Km), 인월에서 함양 금계 구간(19.3Km), 금계~동강 구간(15.2Km), 동강에서 산청 수철 구간(11.9Km)까지입니다.

이번에는 금계~동강, 동강~수철 구간만 걸었습니다. 금계~동강 길은 산자락 깊숙이 자리 잡은 산중마을과 벽송사를 볼 수 있는 고즈넉한 산길입니다.

동네 사람들이 나무하러 다니던 길, 고개 너머 시집간 딸아이가 친정 오가던 길, 자식들 잘되게 해달라고 부처님께 치성을 올리는 어머니들이 힘들게 절에 가던 길, 전쟁 통에 산속으로 숨어들었던 패잔병 빨치산들이 오르내리던 길, 또 그들을 토벌하러 앳된 얼굴의 젊은 군경들이 땀 흘리며 수색하던 그 길을 우리 두 사람은 나란히, 때론 앞서거나 뒤따르며 걷고 또 걸었습니다.

청량한 계곡물 소리와 산새들의 노랫소리가 아름다운 화음을 이루며 함께 따랐습니다.

> 걷는 것이 나에게는 사랑 찾아가는 일이다
> 길에서 슬픔 다독여 잠들게 하는 법을 배우고
> 걸어가면서 내 그리움에 날개 다는 일이 익숙해졌다
> 숲에서는 나도 키가 커져 하늘 가까이 팔을 뻗고
> 산봉우리에서는 이상하게도 내가 낮아져서
> 자꾸 아래를 내려다보거나 멀리로만 눈이 간다
> (중략)
> 이렇게 울퉁불퉁한 길을 혼자 걸어가는 것이
> 나에게는 가슴 벅찬 기쁨으로 솟구치지 않느냐
> (후략)
>
> – 이성부, 〈어느 사이 속보速步가 되어〉 중에서

아름답고 평화로운 산골에도 갈등은 있었습니다. 내셔널 트러스트가

지정한 용유담 계곡, 엄천강에 폭 400m, 높이 100m가 넘는 거대한 댐을 건설하겠다는 계획에 반대하는 마천면 주민들의 분노 어린 글귀가 여기저기 많이 보였습니다.

다음 날, 동강~수철 구간을 아침 일찍부터 걸었습니다. 보슬보슬 내리는 비가 팔뚝을 적시더니, 차츰 빗방울이 굵어졌습니다. 비 내리는 숲속 길엔 비안개가 피어오르고 안개 사이로 꾸밈없는 자연의 모습이 나타났습니다. 다섯 시간의 산길이 끝날 무렵에 비도 멈추었습니다.

고불고불한 지방도로를 가다 보면 한여름 붉게 꽃피운 배롱나무들을 자주 만납니다. 백일동안 꽃피운다는 백일나무(木百日紅) 배롱꽃은 한창 붉게 타오르고 있었습니다.

그 여름 나무 백일홍은 무사하였습니다 한차례 폭풍에도 그 다음 폭풍에도 쓰러지지 않아 쏟아지는 우박처럼 붉은 꽃들을 매달았습니다

그 여름 나는 폭풍의 한가운데 있었습니다 그 여름 나의 절망은 장난처럼 붉은 꽃들을 매달았지만 여러 차례 폭풍에도 쓰러지지 않았습니다

넘어지면 매달리고 타올라 불을 뿜는 나무 백일홍 억센 꽃들이 두어 평 좁은 마당을 피로 덮을 때, 장난처럼 나의 절망은 끝났습니다

– 이성복, 〈그 여름의 끝〉

뜨거운 태양 아래 핏빛의 붉은 목백일홍 꽃들이 자꾸만 눈앞에 피었다 지고, 또 피었다 집니다. 그 여름, 몇 차례나 밀어닥친 거친 폭풍우도 견디어낸 목백일홍.

## 제대로 보는 것이 진실이다

초등학교 때 학급회의는 모두가 자기 생각을 자유롭게 발표하며 결론을 내는 과정을 배우는 귀한 시간이었습니다. 논의 주제가 어려운 것이 아니었고, 또 때 묻지 않았기에 누구나 앞뒤 생각하지 않고 이야기하는 자리였습니다. 그러나 차츰 나이가 들어갈수록 제 나름대로 상황판단을 하고 요리조리 머리를 굴립니다. 입을 닫는 것이 현명한지, 한마디 해야 하는 자리인지 궁리가 늘어갑니다.

대대 보급 장교로 근무할 때였습니다. 매일 아침저녁으로 간부 회의가 열렸습니다. 각자 그날의 주요 일정과 훈련계획을 보고하고 서로 토의도 하는 자리였습니다. 회의를 주관하는 대대장의 성향에 따라 진지

하고 건설적인 시간이 되기도 하고 지시사항을 받아 적는 시간이 되기도 했습니다. 그러나 지나고 보니, 나름대로 소통이 이루어졌다는 걸 깨닫곤 했습니다.

직장생활을 처음 시작한 지 얼마 지나지 않았을 때 회의가 소집되었습니다. 그런데 회의가 아니라 단순한 업무 지시와 전달 시간이었습니다. 그 날 해야 할 과제와 목표를 전달하고 지시하는 자리였던 겁니다. 회의는 포괄적이고 다양한 의미를 포함하고 있었습니다.

시간이 흐를수록 직장인들은 노련하게 변해간다는 것을 알았습니다. 회의의 성격을 파악하고 적절히 순응하게 됩니다. 실무자급의 회의는 진지합니다. 좋은 결과물도 생산됩니다. 그러나 위로 올라갈수록 토의가 빈약합니다. 자신의 판단보다는 윗사람의 의중을 먼저 살피고 고려하는 경향이 나타나곤 합니다.

부서장, 임원이나 CEO의 생각과 의중에 반하는 의견을 내놓았다가 면박을 당하거나 불이익을 받을까 염려합니다. 입을 다물고 있으면 중간은 가는데, 굳이 좋은 아이디어나 생각을 서로 나누려고 하지 않습니다. 일방통행이 자연스럽게 자리 잡으면 속해 있는 조직은 서서히 무너져 내리기 시작합니다. 서로서로 각자의 의견을 존중하며 좋은 생각을 공유하고 실행하는 조직은 자신들도 모르게 튼실해지고 성장할 것입니다.

호랑이를 보고 온 사람은 호랑이바위라고 부른다

독수리를 보고 온 사람은 독수리바위라고 부른다

용을 보고 온 사람은 용바위라고 부른다

바위를 그냥 바위라고 부르지 않는다

사람들은 보고 싶은 것을 본다

같은 바위를 보고도 누구는 기쁨을 보고
누구는 슬픔을 본다

사람들은 뭘 보면, 자꾸 덧씌운다

그렇게 밖을 보지 않고 안을 본다

그럼, 지금부터 바위를 뭐라고 부르지

바위는 참 난처한 일이다

비가 내리고, 눈이 내리고, 바람이 불어도
바위는 아무 말도 하지 않았다

– 윤희상, 〈바위〉

사람들은 저마다 자신이 보고 싶은 것만 보는 현실, 자꾸만 자기중심으로 생각하고 뭘 덧씌우려 하는 세상, 이런 세상을 어떻게 헤쳐 나가야 할지 난감할 때가 많습니다. 그러나 그럴 때일수록 서로 흉금을 터놓고 이야기 나누어야 합니다. 그런 노력을 기울여도 마음의 문은 굳게 닫혀서 열리지 않을 때도 적지 않습니다. 그래도, 포기하지 않고 계속 노력하면 반드시 문은 열릴 것입니다.

영리한 것보다는
정의로운 게 낫고
정의로운 것보다는
착한 게 낫다

하지만
사상체질(四象體質)도 두 가지쯤 섞여 있듯이
인성(人性)도 짬짜면이라 탄식이 이어진다

정의롭지 못한 영리함의 저속함이여
영리하지 못한 정의로움의 허망함이여
착하지 못한 정의로움의 역겨움이여
정의롭지 못한 착함의 막연함이여

그럼에도 굳이 하나만 골라 비교하자면
영리한 것보다는 정의로운 게

정의로운 것보다는 착한 게 낫다

보이는 것은 진실이 아니다

보는 것이 진실이다

– 윤병무, 〈인성의 비교법〉

그래도 영리함보다는 정의로움이 더 좋습니다. 정의로움보다는 그래도 선함이 더 좋습니다. 우리 세상이 영리한 사람들보다 정의롭고 착한 사람들로 넘쳐나길 소망합니다. 눈에 비치는 세상을 곧이곧대로 믿지 말고 자신의 밝은 눈으로 보면 좋겠습니다. 밝은 눈으로 보는 것, 그것이 진실이니까요.

# 송아지의 눈물

암탉들, 수탉 몇 마리, 병아리들이 무리 지어 마당을 오가며 먹이를 주워 먹고, 마구간에는 새끼 품은 암소가 큰 눈동자를 굴리며 가끔 음매~ 하며 무료함을 씻어냅니다. 누렁이는 고양이와 다투는 듯 장난치는 듯 마루를 경계로 발길질을 해대곤 합니다. 어릴 적 정겨운 집안 풍경입니다.

비가 보슬보슬 내리던 아침이었습니다. 암소가 송아지를 낳을 기미를 보이자, 할머니는 두 손을 비비며 순산을 빌었습니다. 외양간 주변에서 마음 졸이며 기다리는 중에 큰 가마솥에는 쇠죽이 끓고 있었습니다. 드디어 송아지가 세상에 나왔습니다. 할머니가 깨끗한 천으로 새끼의 온몸을 닦아주자, 송아지가 비틀거리며 혼자 일어서려고 안간힘을 썼습니다. 일어섰다 다시 주저앉고, 또다시 일어서려는 모습이 안타까웠습니다.

어미가 새끼를 정성스레 핥아주자, 새끼는 힘들게 일어서더니 마당을 폴짝폴짝 뛰어다녔습니다. 세상에 나와서 바로 걸음마 하는 송아지가 꼭 사슴 같았습니다.

그 후, 송아지는 무럭무럭 잘 자랐습니다. 그리고 몇 개월이 지나 어미 소와 이별할 때가 왔습니다. 오일장에 내다 팔기로 한 날이 된 것이었습니다. 밤톨만 한 뿔이 솟아 나온 송아지에게 마지막으로 쇠죽을 주며 할머니는 등을 쓰다듬어주고 계셨습니다. 덩달아 내 마음도 아렸습니다.

마구간을 나올 때, 송아지는 직감했는지 완강히 버티며 울었습니다. 어미 소도 큰 소리로 울부짖으며 고삐를 당기고 이리저리 몸을 움직였습니다. 마침내 송아지는 소 장수의 손에 이끌려 집을 떠났습니다.

광식이네 소 팔러 가는 날입니다
서둘러서 아침밥을 먹고
우리는 광식이네 집으로 달려갔습니다
모두 야단이었습니다
마당에서 광식이 엄마가
소의 고삐를 붙잡고
소에게 억지로 여물을 먹이고 있었습니다
소는 더 먹지 않으려고 고개를 돌렸습니다

여물을 다 먹은 소는 마치 새끼를 밴 것처럼
배가 부풀어올랐습니다
이제 광식이 아버지가 소를 이끌고 문을 나서는데
광식이 엄마가 소의 등을 쓰다듬으며 말했습니다
고생했다 잘 가거라
길에는 아카시아꽃이 환하게 피었습니다
소는 오줌을 싸며 걷고
우리는 그 길을 뒤따라 걸었습니다
읍내에 이르러 광식이 아버지와 소는 우시장으로 가고
우리는 학교로 갔습니다
그날 광식이 아버지는
술에 취했습니다
우리는 아카시아꽃 향에 취했습니다
모두 흔들렸습니다

– 윤희상, 〈영산포 장날〉

슬픔이 담겨 있던 어미 소의 큰 눈망울과 겁에 질린 송아지의 눈물 겨운 모습이 아직도 눈에 선합니다. 이별은 항상 가슴 아립니다.

# 거룩한 희생

초등학교에 입학했던 해 6월, 한꺼번에 무척 많은 비가 내려 순식간에 논들이 물바다로 변해버렸습니다. 마침 보리 타작을 앞둔 때였습니다. 마을을 휘감고 흐르던 양천강이 범람하여 지대 낮은 동네는 집들이 온통 황토물에 잠겼습니다.

비가 그치고 나자, 흙 범벅이 된 논에서 망연자실하시던 아버지의 모습이 가끔 생각납니다.

보릿고개가 심했던 그 시절, 시골에는 밥 얻으러 다니는 걸인이 많았습니다. 마을에서 멀리 떨어진 움막이나 다리 밑에 사는 한센병에 걸린 사람들도 자주 볼 수 있었습니다. 아이들을 잡아먹는다는 끔찍한 소문에 우리는 어쩌다 그들을 길에서 마주치기만 해도 무서워 뿔뿔이 흩어져 도망가기 바빴습니다.

흉년이 들었지만, 우리는 단체로 영화 〈벤허〉를 보러 갔습니다. 영화는 읍내에 창고를 개조해 만든 영화관에서 상영되었습니다. 낡은 필름이 도중에 끊어지기도 하고 화면도 흐릿했지만, 그 당시에는 영화를 본다는 것 자체만으로도 정말 신나는 일이었습니다.

주인공이 노예가 되어 고생하는 모습. 목숨을 건 전차 경주 장면. 머리에 가시관을 쓴 채 십자가를 지고 기진맥진 힘들게 산을 오르던 어떤 사람이 십자가에 못 박혀 숨을 거두자, 갑자기 하늘이 캄캄해지고 천둥·번개가 치던 장면. 그 순간, 멀리서 지켜보던 나환자 모녀의 병이 낫는 기적과 서로 두 손을 잡고 기쁨의 눈물을 흘리던 모습이 오랫동안 머릿속에 남아 있는 영화 〈벤허〉입니다. 문둥병, 한센병, 나병……. 병들어 그렇게 되고, 또 기적처럼 나을 수 있는 병임을 영화를 보고 알았습니다.

몇 년 뒤 다리 밑에서, 산모퉁이 외딴 토굴에서도 한센병 환자들을 볼 수 없었습니다. 소문에 죽었다고도 하고, 또 전남 고흥 앞바다 소록도에 수용되었다고도 했습니다.

지난봄 어느 신문에서 본, 1962년 당시 28세의 젊은 나이로 우리나라에 와서 43년간 소록도에서 헌신적으로 봉사하고 2005년 소리 없이 자신의 고국 오스트리아로 돌아간 마리안느 수녀에 관한 기사가 눈길을 끌었습니다.

몸이 허물어지는 육신의 고통, 세속의 편견과 따돌림, 가족에게 버림

받은 그들과 살을 맞댄 채 함께 밥을 지어 먹으며 평생 친구로 살았다는 마리안느 스퇴거 수녀와 마거릿 피사렉 수녀. 그들은 소록도 한센인들의 엄마, 할머니가 되어 오스트리아 가톨릭 부인회의 도움으로 주택을 개량하고, 결핵병동과 정신과 병동, 목욕탕 건물도 지었습니다. 그러나 정작 자신들을 위해서는 돈 한 푼 허투루 쓰지 않았습니다. 나이 들어 부담 주기 싫다고 떠날 때는 낡은 여행용 가방 하나가 전부였다고 합니다.

두 분은 수녀 신분은 아니지만 수녀로 불렸습니다. 청빈·순명·순결을 서약한 '재속회' 소속의 평신도입니다. 현재 오스트리아에서 빈곤계층이 받는 최저수준의 국가연금으로 민가와 양로원에서 지내십니다. 광주 대교구와 소록도 성당에서 노후를 한국에서 보내도록 권했지만 사양하고 금전적인 지원도 마다하셨답니다.

두 여인의 고향은 먼 오스트리아
이십대 곱던 시절 소록도에 와서
칠순 할머니 되어 고향에 돌아갔다네
올 때 들고 온 건 가방 하나
갈 때 들고 간 건 그 가방 하나
자신이 한 일 새들에게도 나무에게도
왼손에게도 말하지 않고

더 늙으면 짐이 될까봐

환송하는 일로 성가시게 할까봐
우유 사러 가듯 떠나 고향에 돌아간 사람들

엄살과 과시 제하면 쥐뿔도 이문 없는 세상에
하루에도 몇번 짐을 싸도 오리무중인 길에
한번 짐을 싸서 일생의 일을 마친 사람들
가서 한 삼년
머슴이나 살아주고 싶은 사람들

– 백무산, 〈가방 하나〉

그분들은 누구도 쉽게 하지 못한 큰일을 해내셨습니다. 실로 살아계시는 성자입니다. 이제는 우리가 그분들을 대신해 머슴살이해드려야 합니다.

또 다른 한 분이 생각납니다. 고 이태석 신부님입니다. 남수단의 가장 가난하고 열악한 지역 톤즈에서 원주민과 나병 환자들을 위해 수많은 일을 기적같이 해내셨던 그분. 견뎌내기 벅찬 고난과 어려움도 하나둘씩 극복하면서 나눔과 사랑을 실천하신 분. 하늘로 돌아가신 뒤 〈울지마 톤즈〉라는 다큐멘터리로 우리 모두를 울린 그분. 선한 모습과 인자한 미소를 우리 가슴에 깊이 새겨놓고 먼저 하느님 곁으로 가신 그분. 우리에게도 이런 성자가 계셨음을 드러내 주신 그분, 이태석 신부님을 위해 기도합니다.

살레시오 수도회 소속 신부님이셨던 그분. 형님이 꼰벤뚜알 프란치스코 수도회 소속의 이태영 신부님으로, 그 형님 신부가 양평 수도원 원장으로 계시던 서종면 수도원에서 마지막 나날을 형제는 함께 보냈다고 합니다.

## 속이 비어 있어야 아름다운 소리를 낸다

점심 무렵에는 하늘에서 금방이라도 새하얀 눈발이 날릴 것만 같더니, 언제 그랬냐는 듯 어느새 비가 내리고 있습니다. 이제 보름만 지나면 새해가 시작됩니다.

지난 주말에는 직원들과 인근에 홀로 사시는 할머니들을 찾아 연탄이랑 쌀, 라면, 세제 등의 생필품을 전해드렸습니다. 우리 모든 임직원은 좁은 골목길에 일렬로 쭉 늘어서서 구슬땀을 흘리며 연탄을 날랐습니다. 처음 날라보는 연탄의 무게에 직원들은 힘들어했지만, 얼굴만은 그 어느 때보다 밝고 행복해 보였습니다.

햇볕도 제대로 들지 않는 두어 평 남짓한 작은 방안 모습과 낡은 콘크리트로 얼기설기 지어진 단칸방에서 하루하루를 힘겹게 살아가시는 할머니. 그마저도 내년 봄에 헐리게 되면 사글세 사는 아들 집에도 갈 수 없어 걱정이라며 땅이 꺼질 듯 한숨을 내쉬시던 한 할머니의 그늘진 얼굴이 한동안 자꾸 떠올라 괴로웠습니다.

또 다른 말도 많고 많지만
삶이란
나 아닌 그 누구에게
기꺼이 연탄 한 장 되는 것

방구들 선득선득해지는 날부터 이듬해 봄까지
조선팔도 거리에서 제일 아름다운 것은
연탄차가 부릉부릉
힘쓰며 언덕길을 오르는 거라네
해야 할 일이 무엇인가를 알고 있다는 듯이
연탄은, 일단 제 몸에 불이 옮겨 붙었다 하면
하염없이 뜨거워지는 것
매일 따스한 밥과 국물 퍼먹으면서도 몰랐네
온몸으로 사랑하고 나면
한 덩이 재로 쓸쓸하게 남는 게 두려워
여태껏 나는 그 누구에게 연탄 한 장도 되지 못하였네

생각하면

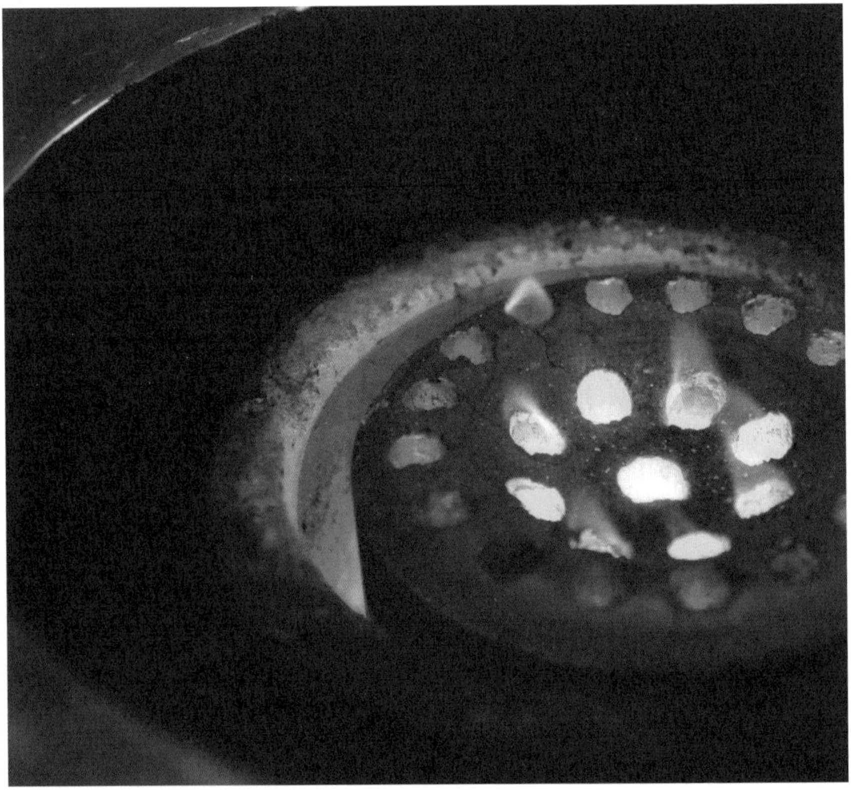

삶이란
나를 산산이 으깨는 일
눈 내려 세상이 미끄러운 어느 이른 아침에
나 아닌 그 누가 마음 놓고 걸어갈
그 길을 만들 줄도 몰랐었네, 나는
– 안도현, 〈연탄 한 장〉

연탄에 얽힌 여러 가지 크고 작은 사연들이 오래전의 아득한 추억으로만 가슴속에 남아 있는 줄 알았습니다. 우리 주변에는 아직도 연탄 한 장의 따스한 온기가 아쉽고 절실한 이들이 우리가 생각하는 것보다 훨씬 많이 있다는 사실이 안타까워지는 날입니다.

아름다운 소리를 내는 것들은 다 속이 비어 있다

줄기에서 슬픈 숨소리가 흘러나와
피리를 만들어 불게 되었다는 갈대도 그렇고
시골집 뒤란에 촘촘히 서 있는 대나무도 그렇고
가수 김태곤이 힐링 프로그램에 들고 나와 켜는 해금과 대금도 그렇고
프란치스코 회관에서 회의 마치고 나오다가 정동 길거리에서
산 오카리나도 그렇고

나도 속 빈 놈이 되어야겠다

속 빈 것들과 놀아야겠다

– 공광규, 〈속 빈 것들〉

연탄도 숭숭 구멍이 나 있습니다. 따뜻한 열기가 그 구멍을 타고 피어납니다. 속이 비어 있어야 아름다운 소리를 내듯이 빈 가슴이 오히려 채움으로 변해가는 세상 이치를 생각해봅니다.

# 나무를 심어라

한 사람이 평생토록 심은 편백나무와 삼나무가 279만 그루나 되는 울창한 장성 축령산 숲길을 찾아갔습니다. 마침 그곳에서는 장성 축령산 산소축제(8월 7~9일)가 열리고 있었습니다.

나는 구부러진 길이 좋다.
구부러진 길을 가면
나비의 밥그릇 같은 민들레를 만날 수 있고
감자를 심는 사람을 만날 수 있다.
날이 저물면 울타리 너머로 밥 먹으라고 부르는
어머니의 목소리도 들을 수 있다.

구부러진 하천에 물고기가 많이 모여 살 듯이
들꽃도 많이 피고 별도 많이 뜨는 구부러진 길.
구부러진 길은 산을 품고 마을을 품고
구불구불 간다.
그 구부러진 길처럼 살아온 사람이 나는 또한 좋다.
반듯한 길 쉽게 살아온 사람보다
흙투성이 감자처럼 울퉁불퉁 살아온 사람의
구불구불 구부러진 삶이 좋다.
구부러진 주름살에 가족을 품고 이웃을 품고 가는
구부러진 길 같은 사람이 좋다.

– 이준관, 〈구부러진 길〉

전쟁 후, 인촌 김성수 선생이 일본에서 묘목을 구해다 시범 조림한 삼나무들이 쭉쭉 잘 자라는 것을 본 임종국(1929~1989) 선생은 1956년부터 1976년까지 20년 동안 축령산 자락 170만 평에 자신의 전 재산을 털어 편백나무와 삼나무를 정성껏 심었습니다. 그는 가뭄이 들면 물통을 지고 산비탈을 올라 물을 주며 자신의 온몸과 마음을 그 나무들에 바쳤습니다. 그분의 이름처럼 나라에 나무를 심고 열성으로 조성한 참으로 소중한 유산인 편백나무 숲길입니다.

그 아름다운 숲길을 기쁜 마음으로 올라가던 중에 갑자기 비를 만났습니다. 제법 굵게 쏟아지는 빗줄기 사이로 상큼한 편백나무 숲의 향기가 번져 나와 온몸에 스며들었습니다.

"나무를 심어라, 나무를 심는 것이 나라를 사랑하는 것이다"라는 유언을 남긴 선생은 그 흔한 묘비명이나 봉분도 없이 산등성 언저리에 서 있는 한 그루 느티나무 아래 수목장으로 잠들어 계십니다.

올곧게 뻗은 나무들보다는
휘어 자란 소나무가 더 멋있습니다
똑바로 흘러가는 물줄기보다는
휘청 굽이친 강줄기가 더 정답습니다
일직선으로 뚫린 빠른 길보다는
산 따라 물 따라 가는 길이 더 아름답습니다

곧은 길 끊어져 길이 없다고
주저앉지 마십시오
돌아서지 마십시오
삶은 가는 것입니다
그래도 가는 것입니다
우리가 살아 있다는 건
아직도 가야 할 길이 있다는 것

곧은 길만이 길이 아닙니다
빛나는 길만이 길이 아닙니다
굽이 돌아가는 길이 멀고 쓰라릴지라도

그래서 더 깊어지고 환해져 오는 길
서둘지 말고 가는 것입니다
서로가 길이 되어 가는 것입니다
생을 두고 끝까지 가는 것입니다

– 박노해, 〈굽이 돌아가는 길〉

휴식(休息)은 일상에 매몰되어 온 자신을 한 번 조용히 되돌아보게 하는 귀한 선물이었습니다. 가산을 모두 쏟아부으면서까지 나무를 심어 가꾸는 것이 나라 사랑이라는 믿음 하나로 살다 가신 분도 계시는데, 아무런 뜻 없이 하루하루 지내온 자신이 무척 작고 초라하게 느껴진 여행길이었습니다.

삶의 터전에 자신만의 작은 씨앗을 심고 가꿔보면 좋겠습니다. 더디게 싹 틔우더라도, 빛나지 않아도, 예쁘지 않더라도, 알아주는 이 하나 없다고 생각되더라도 언젠가는 꽃피우리라는 믿음으로 묵묵히 변함없이 정성을 다해보는 것입니다.

# 실수에서 배우다

여느 해와 달리 무더위와 장마가 서로 교대로 심술을 부렸던 올여름도 벌써 과거가 되어 그저 몇 가지 추억들로 남겨지고 있습니다. 지난 여름, 길지 않은 기간이지만 휴가를 내어 친구 부부와 함께 일본 북해도를 다녀왔습니다. 선선한 날씨 덕에 모처럼 편안함과 여행의 즐거움을 맛보았습니다.

·실수 하나

우리 일행은 홋카이도 유바리 시에서 하루를 묵게 되었습니다. 한데, 신기하게도 그곳 호텔 지하 1층에 자리한 온천은 남탕과 여탕이 서로 마주 보고 있었습니다. 그리고 노천탕도 설치되어 있었는데, 아주 조용한

데다 물이 참 맑고 깨끗해 보였습니다. 온천탕은 아침 6시부터 자정까지 문을 열었습니다. 우리는 그곳에서 첫날 늦은 시간까지 오랫동안 온천을 즐겼습니다. 그리고 다음 날 아침에 다시 온천욕을 하기로 했습니다.

다음 날 아침 6시 5분쯤 되어 나는 다시 지하 온천으로 내려갔습니다. 남탕으로 들어가려고 보니, 출입문에 '女湯(여탕)'이라고 쓰인 현수막이, 어제의 여탕에는 '男湯(남탕)'이라고 적힌 현수막이 드리워져 있었습니다. 그 순간, 나는 '날마다 바뀌나 보다'라고 속으로 생각하며 출입구에 들어섰습니다. 그때 일본 청년 둘이 허겁지겁 옷을 들고 나오다가 나를 보고는 손가락으로 안을 가리키면서 뭐라고 얘기하며 밖으로 나갔습니다.

잠시 후, 할머니 한 분이 급히 옷을 입고 후다닥 밖으로 나가시는 모습을 보고는 뭔가 일이 잘못되었음을 눈치챘습니다. 밖으로 나갔던 청년 두 명이 잠시 후 탕으로 들어왔습니다. 평소 일찍 일어나는 친구는 뒤늦게 들어왔습니다.

조금 전에 있었던 황당한 일을 친구에게 들려주었습니다. 그러자 친구도 평소처럼 일찍 일어나 5시 50분쯤 남탕으로 들어갔다고 말했습니다. 다른 할아버지 한 분과 함께 느긋하게 온천을 즐기고 있는데, 갑자기 여성 몇 분이 안으로 들어오더랍니다. 그러더니 일본말로 뭐라 뭐라 하고, 또 영어로 "체인지, 체인지" 하는 바람에 일이 잘못된 것을 알아차리고 급히 밖으로 나왔다고 합니다. 친구는 얘기 끝에 한바탕 웃었습니다.

일본에서는 날마다 남탕, 여탕이 서로 바뀐다는 사실을 몰랐기에 일어난 우발적인 사건이었습니다. 게다가 분명히 '남탕'임을 확인하고 들어가긴 했는데, 워낙 이른 시간이라 관리인이 미처 표지판을 바꾸기도 전에 입장하여 생긴 일이었습니다.

·실수 둘

고등학교 1학년, 여름방학을 마치고 서울로 올라올 때였습니다. 당시에는 고향 집에서 버스로 대구까지 간 다음 동대구역에서 서울행 기차로 갈아타야 했습니다. 동대구역에 내려 시간표를 보니, 서울행 열차가 곧 도착할 예정이었습니다. 급히 승차장으로 걸어 내려갔습니다.

마침 출발 직전의 열차가 대기하고 있었습니다. 당연히 부산에서 출발하여 서울로 가는 열차로 생각하고, 급히 올라탔습니다. 내가 타자마자, 기다렸다는 듯 열차는 바로 출발했습니다.

가쁜 숨을 고르며 자리를 잡고 앉아 창밖을 보니, 기차는 서울이 아닌 부산으로 향하고 있었습니다. 그 순간, 나는 깜짝 놀랐습니다. 무척 당황스러웠습니다. 한순간의 실수에 여러 번 가슴을 치다가, 다음 역인 삼랑진역에서 내렸습니다. 한참 뒤 서울행 열차를 탔지만 자리가 없어 내내 서서 서울까지 와야 했습니다. 실수의 벌은 매웠습니다.

기사양반,
이걸 어쩐다?
정거장에 짐 보따리 놓고 탔네.

걱정마유. 보기엔 노각 같아도
이 버스가 후진 전문이유.
담부턴 지팡, 짐부터 실으셔유.

그러니께 나부터 타는 겨.
나만 한 짐짝이
어디 또 있간디?

그나저나,
의자를 몽땅
경로석으로 바꿔야겄슈.

영구차 끌듯이
고분고분하게 몰아.
한 사람 한 사람이
다 고분이니께.

– 이정록, 〈짐 – 어머니학교 6〉

할머니의 요청을 마음 좋게 웃으며 받아주는 기사 양반, 노인들을 조심조심, 고분고분 태워주는 그 여유와 해학을 한 수 배우고 싶습니다.

## 그래도 다시 서다

오래전 일입니다. 사는 집을 담보로 맡기고 작은 사업체를 꾸려나가는 분이 있었습니다. 몇 년 동안 별 탈 없이 거래하고 있었는데, 어느 날부터인가 대출 만기일이 되었는데도 갚지 못해서 사무실로 찾아갔습니다. 평소와 달리 사무실 분위기는 가라앉아 있었고, 사장의 얼굴에도 잔뜩 수심이 어려 있었습니다. 계획과 달리 수입해온 물품을 납품받기로 했던 회사가 계약을 이행할 수 없다고 하여 차질이 생겼다며 며칠만 더 기다려달라고 했습니다. 잘 해결되기를 바란다는 말을 하고 돌아왔지만 영 마음이 개운치 않았습니다.

며칠 뒤 전화를 받지 않아 사무실로 찾아가 보니 사무실 문은 굳게 닫혀 있었습니다. 혹시나 해서 사는 집으로도 가보았으나 밤늦도록 집안에는 불이 켜지지 않았습니다. 집 현관에는 신문들이 그대로 놓여 있어 집을 비운 지 며칠이 지난 걸 짐작할 수 있었습니다. 수소문해보니, 야반도주한 것 같다는 이야기가 들렸습니다. 늘 사업에 열의를 갖고 일하던 그의 모습이 떠올랐습니다. 처음에는 화가 났지만, 오십이 넘은 그가 오죽하면 그렇게 갑자기 사라졌을까 안타깝기도 했습니다. 살던 집은 절차에 따라 처분할 수밖에 없었습니다. 난생처음 경험한 일이었습니다.

그 뒤에 또 다른 일을 겪었습니다. 늘 대표의 얼굴이 밝지 않았던 거래처였습니다. 열심히 해외에서 주문받고 제품을 만들어 수출했지만, 환율이 계약 당시와 달리 떨어져 환차손이 심하다고 했습니다. 중간에 가격을 재협상하기도 만만찮아 걱정이 많다며 풀이 죽어 있었습니다. 그러던 어느 날, 그는 직원들 몰래 미국으로 도망을 가버렸습니다. 수출 대전을 가지고 혼자 말도 없이 가버렸다고 했습니다. 다행히 살던 집이 담보로 제공되어 있었지만, 이번에는 처분해도 금액이 턱없이 부족한 상태라 걱정이 되었습니다.

우여곡절 끝에 당사자와 연락이 되었습니다. 도저히 지탱할 수 없어 일이 그렇게 되었다면서 미안하다고 했습니다. 미국에서 막일해서라도 조금씩 갚겠다며 시간을 달라고 애원했습니다. 원자재를 구매할 때 외상이 눈덩이처럼 불어나는 것을 감당할 수가 없었다고, 빚은 꼭 갚겠다고 했습니다.

사정을 듣고 보니, 참 안타까웠습니다. 그러나 현실은 무한정 기다릴 수도 없는 형편이라 담보권을 실행했습니다.

너 이놈으 자식 앉아봐 아버지는 방바닥을 손으로 내려치면서 말씀하셨습니다 내가 여그도 못살고 저그도 못살고 오막살이 이 찌그러진 집 한칸 지니고 사는디 넘으 집 칙간 청소하고 돈 십오만원 받아각고 사는디 뭐 집을 잽혀야 쓰겄다고 아나 여기 있다 문서허고 도장 있응게 니 맘대로 혀봐라 이 순 싸가지없는 새꺄아 내가 언제 너더러 용돈 한푼 달라고 혔냐 돈을 꿔달라고 혔냐 그저 몇날 안 남은 거 숨이나 깔딱깔딱 쉬고 사는디 왜 날 못살게 구느냔 말여 왜! 왜! 왜! 아버지 지가 오죽허면 그러겄습니까 이번만 어떻게…… 뭐 오죽하면 그러겄냐고 아 그렇게 여기 있단 말여 니 맘대로 삶아먹든지 고아먹든지 허란 말여 에라 이순……

그날 은행에 가서 손도장을 눌러 본인확인란을 채우고 돌아오는길에 말씀하셨습니다 아침에 막걸리 한잔 먹고 헌 말은 잊어버려라 너도 알다시피 나도 애상바쳐 죽겄다 니가 어떻게 돈을 좀 애껴 쓰고 무서운 줄 알라고 헌 소링게……

– 강형철, 〈아버님의 사랑말씀 6〉

사업하다 집 날린 가장의 모습이 다시 떠올랐습니다. 처자식들 데리고 길거리로, 혹은 지하 단칸방으로 옮겨갔을 그들의 마음이 느껴집니다. 자식 하는 일이 잘되면 좋겠지만, 그마저 신통찮아 홀로 사는 아버지의 마지막 거처까지 은행에 담보 잡히는 아들이 얼마나 못마땅했을까 싶었습니다. 그러나 자식 이기는 부모 없다고 아들의 청을 들어주는 아버지의 모습이 눈앞에 그려집니다.

누구에게나 새날이 찾아오는 것처럼
지상地上은 누구에게나 길을 내어준다
새벽의 미명未明을 가르며 달리는 사람
날마다 꿈을 꾸며 세상 속을 달리는 사람
그대 앞에 길은 그대와 함께 달린다
그대 가는 곳에 비로소 길이 열린다
(중략)
오늘 그대가 흘리는 땀과 눈물은
한겨울에도 향기 높은 꽃을 피운다
오늘 밤 불은 꺼지지 않고
침상 위로 멀리 높이 날아오르는 새
먼 바다가 그대를 향해 파도치며 달려오고
한겨울을 지낸 눈부신 봄꽃들이
사시사철 천사의 이름으로 피어서
그대 이름을 불러준다
살아가는 일에 상처받더라도
그대여, 다시 일어나라
어둠은 잠시일 뿐, 새날은 눈부시다

세상은 모두 그대의 것이다

– 김종해, 〈어둠은 잠시, 새날은 눈부시다〉 중에서

그래도, 다시 일어서기를 마음속으로 빕니다. 한 번 넘어지고 또 넘어져 그 상처가 깊고 아파도 이 악물고 다시 일어나 앞으로 걸어가기를 빕니다. 세상은 그래도, 그대에게 길을 내어 줄 것이라고 믿어봅니다.

어둠은 잠시이고, 새날은 눈부십니다.

## 작은 소리를 들을 줄 알아야

살다 보면 고향 친구 모임, 동창 모임, 직장 모임, 가족 모임 등등 참 많은 모임에 함께하게 됩니다. 오랜만에 반가운 얼굴들을 볼 수 있고 즐겁게 지낼 수 있어 모임이 기다려지기도 합니다. 모임을 오래가게 하려고 매달 회비를 걷기도 하고, 어떤 모임은 그때그때 서로 나눠서 비용을 충당하기도 합니다. 간혹 집안에 기쁜 일이 있었던 사람이 한턱내기도 하고, 여유가 있는 회원이 자주 부담하기도 합니다.

그러나 모임이 즐거운 자리가 아닐 때가 종종 있습니다. 간혹 논쟁이 있기도 하고, 무심코 한 말로 서로 상처를 주고받기도 합니다. 어떤 이는 모임의 대화를 주도하려는 듯 자신의 얘기만 늘어놓기도 합니다. 그간 하고픈 이야기들과 사연들을 고루 나누어야 하는 자리에서 많은 시간을 혼자 차지하려는 경우는 참 난처합니다. 대화 주제도 잘 가려서 소통해야 모임을 오래도록 지속할 수 있고 정이 두터워집니다. 이런저런 일이 있어도 자주 보고 서로 이해하고 감싸주는 모임이 더 즐겁고 편안합니다.

덩치 큰 이야기, 무거운 이야기는 하지 않기로 해요
조그만 이야기, 가벼운 이야기만 하기로 해요
아침에 일어나 낯선 새 한 마리가 날아가는 것을 보았다든지
길을 가다 담장 너머 아이들 떠들며 노는 소리가 들려 잠시 발을 멈췄다든지
매미 소리가 하늘 속으로 강물을 만들며 흘러가는 것을 문득 느꼈다든지
그런 이야기들만 하기로 해요

남의 이야기, 세상 이야기는 하지 않기로 해요
우리들의 이야기, 서로의 이야기만 하기로 해요
지나간 밤 쉽게 잠이 오지 않아 애를 먹었다든지
하루 종일 보고픈 마음이 떠나지 않아 가슴이 뻐근했다든지
모처럼 개인 밤하늘 사이로 별 하나 찾아내어 숨겨놓은 소원을 빌었다든지
그런 이야기들만 하기로 해요.

실은 우리들 이야기만 하기에도 시간이 많지 않은 걸 우리는 잘
알아요
그래요, 우리 멀리 떨어져 살면서도
오래 헤어져 살면서도 스스로
행복해지기로 해요
그게 오늘의 약속이에요.

– 나태주, 〈오늘의 약속〉

이제 우리들의 얘기를 서로 나눌 시간도 그리 많이 남아 있지 않습니다. 일 년에 몇 번 만나다 보면 한 해가 금방 가고 또 한 해가 지나갑니다. 서로의 이야기에 귀 기울여 듣는 시간은 소중합니다.

모두들 큰 소리로만 말하고
큰 소리만 듣는다
큰 것만 보고 큰 것만이 보인다
모두들 큰 것만 바라고
큰 소리만 좇는다
그리하여 큰 것들이 하늘을 가리고
큰 소리가 땅을 뒤덮었다
작은 소리는 하나도 들리지 않고
아무도 듣지를 않는
작은 것은 하나도 보이지 않고

아무도 보지를 않는
그래서 작은 것 작은 소리는
싹 쓸어 없어져버린 아아
우리들의 나라 거인의 나라
– 신경림, 〈거인의 나라〉

작은 소리를 들을 줄 알아야 합니다. 너도나도 큰 소리로 제 얘기만 하면 작은 소리는 묻혀버립니다. 자신의 이해타산에 따라 여기저기 찾아다녀서도 안 됩니다. 큰 것만 바라고 따라가다 보면 오히려 자신은 자꾸만 작아질 것입니다. 서로서로 배려하고 존중하면 큰소리 낼 필요가 없습니다. 모두가 함께 행복하고 사랑을 나누는 사회를 그려봅니다.

## 시인 소개

강형철 1985년 「민중시」 2집으로 등단, 시집 『해망동 일기』 외

고광헌 1983년 《광주일보》 신춘문예 등단, 시집 『시간은 무겁다』 외

고영민 2002년 《문학사상》 등단, 시집 『악어』 외

고 은 1958년 《현대문학》 등단, 시집 『피안감성』 외

공광규 1986년 《동서문학》 등단, 시집 『담장을 허물다』 외

김규동 1948년 《예술조선》 신춘문예 등단, 시집 『나비와 광장』 외

김사인 1982년 《시와 경제》 등단, 시집 『가만히 좋아하는』 외

김승강 2003년 《문학 판》 등단, 시집 『기타 치는 노인처럼』 외

김영승 1986년 《세계의 문학》 등단, 시집 『반성』 외

김완하 1987년 《문학사상》 등단, 시집 『길은 마을에 닿는다』 외

김용택 1982년 창작과비평사의 『21인 신작 시집』으로 등단, 시집 『꽃산 가는 길』 외

김윤배 1986년 《세계의 문학》 등단, 시집 『강 깊은 당신 편지』 외

김종철 1968년 《서울신문》 신춘문예 등단, 시집 『못』 외

김종해 1963년 《경향신문》 신춘문예 등단, 시집 『눈송이는 나의 각을 지운다』 외

김주대 1989년 《민중시》 등단, 시집 『그리움의 넒이』 외

김중식 1990년 《문학사상》 등단, 시집 『황금빛 모서리』

김형영 1966년 《문학춘추》 등단, 시집 『땅을 여는 꽃들』 외

나태주 1971년 《서울신문》 신춘문예 등단, 시집 『꽃을 보듯 너를 보다』 외

나희덕 1989년 《중앙일보》 신춘문예 등단, 시집 『어두워진다는 것』 외

노원호 1974년 《매일신문》 신춘문예 등단, 노원호 동시선집 외

문태준 1994년 《문예중앙》 등단, 시집 『우리들의 마지막 얼굴』 외

박남수 1933년 《조선문단》에 희곡 당선, 1939년 「문장」 등단, 시집 『그리고 그 이후』 외

박노해 1983년 《시와 경제》 등단, 시집 『그러니 그대 사라지지 말아라』 외

박호영 2002년 《시와 시학》 시인 등단, 시집 『오두막집에 램프를 켜고』 외

배한봉 1998년 《현대시》 등단, 시집 『흑조』 외

백무산 1984년 《민중시》 1집 등단, 시집 『거대한 일상』 외

손택수 1998년《한국일보》신춘문예 등단, 시집『호랑이 발자국』외

송지은 2014년《영남일보》신춘문예 등단, 당선작『피운다는 것은』

신경림 1956년《문학예술》등단, 시집『쓰러진 자의 꿈』『농무』외 다수

안도현 1981년《대구매일신문》신춘문예 등단, 시집『서울로 가는 전봉준』외

오세영 1965년《현대문학》등단, 시집『바람의 그림자』외

유금옥 2004년《현대시학》등단, 동시집『전교생이 열 명』

유자효 1968년《신아일보》신춘문예 등단, 시집『아버지의 힘』외

윤병무 1995년《동서문학》등단, 시집『고단』외

윤희상 1989년《세계의 문학》등단, 시집『이미, 서로 알고 있었던 것처럼』외

이근배 1961년《경향신문》신춘문예 등단, 시집『살다가 보면』외

이동순 1973년《동아일보》신춘문예 등단, 시집『박달재를 넘으며』외

이성복 1977년《문학과지성》등단, 시집『그 여름의 끝』외

이성부 1959년《전남일보》신춘문예 등단, 시집『우리 앞이 모두 길이다』외

이수익 1963년《서울신문》신춘문예 등단, 시집『불과 얼음의 콘서트』외

이승하 1984년《중앙일보》신춘문예 등단, 시집『사랑의 탐구』외

이재금 1988년 시집『부끄러움을 팝니다』로 작품 활동, 시집『나는 어디 있는가』외

이재무 1983년《삶의 문학》등단, 시집『경쾌한 유랑』외

이정록 1989년《대전일보》신춘문예 등단, 시집『어머니 학교』외

이준관 1974년《심상》등단, 시집『부엌의 불빛』외

이창기 1984년《문예중앙》등단, 시집『꿈에도 별은 찬밥처럼』외

전동균 1986년《소설문학》등단, 시집『거룩한 허기』외

전윤호 1991년《현대문학》등단, 시집『늦은 인사』외

진효임 71세에 첫 시집『치자꽃 향기』발간

최명란 2006년《문화일보》신춘문예 등단, 시집『쓰러지는 법을 배운다』외

최승헌 1980년《시문학》등단, 시집『고요는 휘어져 본 적이 없다』외

하종오 1975년《현대문학》등단, 시집『벼는 벼끼리, 피는 피끼리』외

함민복 1988년《세계의 문학》등단, 시집『모든 경계에는 꽃이 핀다』

허형만 1973년《월간문학》등단, 시집『불타는 얼음』외

## 이 책에 인용·소개된 시